杭州优秀传统文化丛书

Hangzhou Youxiu Chuantong Wenhua Congshu

品钱塘 楹联之美

简 墨——著

杭州出版社

图书在版编目（CIP）数据

楹联之美品钱塘 / 简墨著 . -- 杭州：杭州出版社，
2022.1

（杭州优秀传统文化丛书）

ISBN 978-7-5565-1713-8

Ⅰ . ①楹⋯ Ⅱ . ①简⋯ Ⅲ . ①对联—文学史—中国—
古代 Ⅳ . ① I207.6

中国版本图书馆 CIP 数据核字（2021）第 278108 号

Yinglian Zhi Mei Pin Qiantang

楹联之美品钱塘

简　墨　著

责任编辑	齐桃丽
文字编辑	何智勇
装帧设计	章雨洁
美术编辑	祁睿一
责任校对	陈铭杰
责任印务	姚　霖
出版发行	杭州出版社（杭州市西湖文化广场32号6楼） 电话：0571-87997719　邮编：310014 网址：www.hzcbs.com
排　　版	浙江时代出版服务有限公司
印　　刷	天津画中画印刷有限公司
经　　销	新华书店
开　　本	710 mm × 1000 mm　1/16
印　　张	19.25
字　　数	237千
版印次	2022年1月第1版　2022年1月第1次印刷
书　　号	ISBN 978-7-5565-1713-8
定　　价	58.00元

序　言

文化是城市最高和最终的价值

我们所居住的城市，不仅是人类文明的成果，也是人们日常生活的家园。各个时期的文化遗产像一部部史书，记录着城市的沧桑岁月。唯有保留下这些具有特殊意义的文化遗产，才能使我们今后的文化创造具有不间断的基础支撑，也才能使我们今天和未来的生活更美好。

对于中华文明的认知，我们还处在一个不断提升认识的过程中。

过去，人们把中华文化理解成"黄河文化""黄土地文化"。随着考古新发现和学界对中华文明起源研究的深入，人们发现，除了黄河文化之外，长江文化也是中华文化的重要源头。杭州是中国七大古都之一，也是七大古都中最南方的历史文化名城。杭州历时四年，出版一套"杭州优秀传统文化丛书"，挖掘和传播位于长江流域、中国最南方的古都文化经典，这是弘扬中华优秀传统文化的善举。通过图书这一载体，人们能够静静地品味古代流传下来的丰富文化，完善自己对山水、遗迹、书画、辞章、工艺、风俗、名人等文化类型的认知。读过相关的书后，再走进博物馆或观赏文化景观，看到的历史遗存，将是另一番面貌。

过去一直有人在质疑，中国只有三千年文明，何谈五千年文明史？事实上，我们的考古学家和历史学者一直在努力，不断发掘的有如满天星斗般的考古成果，实证了五千年文明。从东北的辽河流域到黄河、长江流域，特别是杭州良渚古城遗址以4300—5300年的历史，以夯土高台、合围城墙以及规模宏大的水利工程等史前遗迹的发现，系统实证了古国的概念和文明的诞生，使世人确信：这里是古代国家的起源，是重要的文明发祥地。我以前从来不发微博，发的第一篇微博，就是关于良渚古城遗址的内容，喜获很高的关注度。

我一直关注各地对文化遗产的保护情况。第一次去良渚遗址时，当时正在开展考古遗址保护规划的制订，遇到的最大难题是遗址区域内有很多乡镇企业和临时建筑，环境保护问题十分突出。后来再去良渚遗址，让我感到一次次震撼：那些"压"在遗址上面的单位和建筑物相继被迁移和清理，良渚遗址成为一座国家级考古遗址公园，成为让参观者流连忘返的地方，把深埋在地下的考古遗址用生动形象的"语言"展示出来，成为让普通观众能够看懂、让青少年学生也能喜欢上的中华文明圣地。当年杭州提出西湖申报世界文化遗产时，我认为是一项需要付出极大努力才能完成的任务。西湖位于蓬勃发展的大城市核心区域，西湖的特色是"三面云山一面城"，三面云山内不能出现任何侵害西湖文化景观的新建筑，做得到吗？十年申遗路，杭州市付出了极大的努力，今天无论是漫步苏堤、白堤，还是荡舟西湖里，都看不到任何一座不和谐的建筑，杭州做到了，西湖成功了。伴随着西湖申报世界文化遗产，杭州城市发展也坚定不移地从"西湖时代"迈向了"钱塘江时代"，气势磅礴地建起了杭州新城。

从文化景观到历史街区，从文物古迹到地方民居，众多文化遗产都是形成一座城市记忆的历史物证，也是一座城市文化价值的体现。杭州为了把地方传统文化这个大概念，变成一个社会民众易于掌握的清晰认识，将这套丛书概括为城史文化、山水文化、遗迹文化、辞章文化、艺术文化、工艺文化、风俗文化、起居文化、名人文化和思想文化十个系列。尽管这种概括还有可以探讨的地方，但也可以看作是一种务实之举，使市民百姓对地域文化的理解，有一个清晰完整、好读好记的载体。

传统文化和文化传统不是一个概念。传统文化背后蕴含的那些精神价值，才是文化传统。文化传统需要经过学者的研究提炼，将具有传承意义的传统文化提炼成文化传统。杭州在对丛书作者写作作了种种古为今用、古今观照的探讨交流的同时，还专门增加了"思想文化系列"，从杭州古代的商业理念、中医思想、教育观念、科技精神等方面，集中挖掘提炼产生于杭州古城历史中灵魂性的文化精粹。这样的安排，是对传统文化内容把握和传播方式的理性思考。

继承传统文化，有一个继承什么和怎样继承的问题。传统文化是百年乃至千年以前的历史遗存，这些遗存的价值，有的已经被现代社会抛弃，也有的需要在新的历史条件下适当转化，唯有把传统文化中这些永恒的基本价值继承下来，才能构成当代社会的文化基石和精神营养。这套丛书定位在"优秀传统文化"上，显然是注意到了这个问题的重要性。在尊重作者写作风格、梳理和讲好"杭州故事"的同时，通过系列专家组、文艺评论组、综合评审组和编辑部、编委会多层面研读，和作者虚心交流，努力去粗取精，古为今用，这种对文化建设工作的敬畏和温情，值得推崇。

人民群众才是传统文化的真正主人。百年以来，中华传统文化受到过几次大的冲击。弘扬优秀传统文化，需要文化人士投身其中，但唯有让大众乐于接受传统文化，文化人士的所有努力才有最终价值。有人说我爱讲"段子"，其实我是在讲故事，希望用生动的语言争取听众。今天我们更重要的使命，是把历史文化前世今生的故事讲给大家听，告诉人们古代文化与现实生活的关系。这套丛书为了达到"轻阅读、易传播"的效果，一改以文史专家为主作为写作团队的习惯做法，邀请省内外作家担任主创团队，组织文史专家、文艺评论家协助把关建言，用历史故事带出传统文化，以细腻的对话和情节蕴含文化传统，辅以音视频等其他传播方式，不失为让传统文化走进千家万户的有益尝试。

中华文化是建立于不同区域文化特质基础之上的。作为中国的文化古都，杭州文化传统中有很多中华文化的典型特征，例如，中国人的自然观主张"天人合一"，相信"人与天地万物为一体"。在古代杭州老百姓的认知里，由于生活在自然天成的山水美景中，由于风调雨顺带来了富庶江南，勤于劳作又使杭州人得以"有闲"，人们较早对自然生态有了独特的敬畏和珍爱的态度。他们爱惜自然之力，善于农作物轮作，注意让生产资料休养生息；珍惜生态之力，精于探索自然天成的生活方式，在烹饪、茶饮、中医、养生等方面做到了天人相通；怜惜劳作之力，长于边劳动，边休闲娱乐和进行民俗、艺术创作，做到生产和生活的和谐统一。如果说"天人合一"是古代思想家们的哲学信仰，那么"亲近山水，讲求品赏"，应该是古代杭州人的生动实践，并成为影响后世的生活理念。

再如，中华文化的另一个特点是不远征、不排外，这体现了它的包容性。儒学对佛学的包容态度也说明了这一点，对来自远方的思想能够宽容接纳。在我们国家的东西南北甚至是偏远地区，老百姓的好客和包容也司空见惯，对异风异俗有一种欣赏的态度。杭州自古以来气候温润、山水秀美的自然条件，以及交通便利、商贾云集的经济优势，使其成为一个人口流动频繁的城市。历史上经历的"永嘉之乱，衣冠南渡"，"安史之乱，流民南移"，特别是"靖康之变，宋廷南迁"，这三次北方人口大迁移，使杭州人对外来文化的包容度较高。自古以来，吴越文化、南宋文化和北方移民文化的浸润，特别是唐宋以后各地商人、各大商帮在杭州的聚集和活动，给杭州商业文化的发展提供了丰富营养，使杭州人既留恋杭州的好山好水，又能用一种相对超脱的眼光，关注和包容家乡之外的社会万象。这种古都文化，也代表了中华文化的包容性特征。

城市文化保护与城市对外开放并不矛盾，反而相辅相成。古今中外的城市，凡是能够吸引人们关注的，都得益于与其他文化的碰撞和交流。现代城市要在对外交往的发展中，进行长期和持久的文化再造，并在再造中创造新的文化。杭州这套丛书，在尽数杭州各色传统文化经典时，有心安排了"古代杭州与国内城市的交往""古代杭州和国外城市的交往"两个选题，一个自古开放的城市形象，就在其中。

"杭州优秀传统文化丛书"在传统和现代的结合上，想了很多办法，做了很多努力，他们知道传统文化丛书要得到广大读者接受，不是件简单的事。我们已经走在现代化的路上，传统和现代的融合，不容易做好，需要扎扎实实地做，也需要非凡的创造力。因为，文化是城市功能的最高价值，也是城市功能的最终价值。从"功能城市"走向"文化城市"，就是这种质的飞跃的核心理念与终极目标。

2020 年 9 月

（单霁翔，中国文物学会会长）

西湖雨泛图（局部）

目　录

第三章

山行觅句

第四章

远足踏歌

引　言

　　楹联俗称对联、对子等，以前多张贴在门楹或悬挂在楹柱上。根据功用不同，分为春联、婚联、寿联、丧联、风景名胜联、功德联、庙宇联、宗祠联、自题联等。其中多有交叉。

　　先秦时期，已经有楹联的雏形了。古诗文中出现了对偶句，如"日出而作，日落而息"之类的。再从骈文到律诗，那就到了唐代。明清时期，楹联创作达到了高峰。据说明太祖朱元璋大力提倡楹联——一登基，他就下令，让朝中大臣和一般老百姓，除夕前都必须书写一副楹联，贴在门上，他便衣出巡，挨门挨户观赏取乐。喜欢到这个地步，也是没谁了。

　　楹联是现实主义和浪漫主义完美结合的产物。说它是现实主义，因为楹联离不开对现实的反映，离不开对自然、生活的描绘和体现；说它是浪漫主义，因为它提纯物象，被赋予美好的生命，即使去掉实用功能，也能独立存在。

　　杭州楹联丰富，现存作品多为明、清及近、现代所作。楹联大家中，以徐渭、郑板桥、彭玉麟、俞樾、黄文中等与杭州联系最为密切，本书中对之略有侧重。

原则上，尽量照顾到游览、品赏的方便，设计顺序为由近及远。大致以西湖风景区为圆心，画小圈，复大圈：先湖上（孤山及其周围、湖心三岛），再环湖（西而北，东而南）；接着，去山景密布的湖西、南，然后回到湖东市区，漫步为主；最后到萧山、富阳、余杭、临安、桐庐、建德等较远的区县（市），须远足、驱车。由于楹联分布情况不同，也有所侧重，西湖一带选取得多一些。

楹联是诗中之诗，讲究对仗，重视平仄。经典楹联大都是工对，内涵丰富，好记。本书所选大都属于经典。经典才值得细味、记诵，不会浪费时间。

祝楹联在当代更加发扬光大，杭州楹联经典永流传。

———— 第一章

因湖造境

中山公园——湖山无暇管兴替

孤山实际上是西湖中一个自然小岛，山亦岛，岛亦山，介于里湖、外湖之间，沿山麓展开，由低而高，再由高到低，与背面隔水相望的栖霞岭一脉相承。

一座300来亩的小岛，一座38米的小山，挂满文化符号。

现在的中山公园及其东西两侧，占孤山大半个岛屿的地界，均属当年清行宫。

木板路下，埋着清行宫遗址，康熙、乾隆巡视江南，办公、食宿、看戏，都在这里。

据说再早些年，宋室南迁的第五代人、土生土长的杭州人宋理宗，为了便于游玩，也曾在这里建行宫，之后一直为皇家所占。皇帝自称"孤家寡人"，又兼山（岛）孤零，此或为山名的由来。

"西湖天下景"亭

过宋人丹书的"孤山"二字，拾阶而上，是一方平台，右手边有个亭子，叫作"西湖天下景"，单檐歇山顶的四角亭，非常朴素，并无皇家气派。抱柱联曰：

> 水水山山处处明明秀秀；
> 晴晴雨雨时时好好奇奇。

——黄文中撰并书

说到朗朗上口，绕不过这一副去。

叠字联兼回文对，行草间书，重叠、排列，点景生情，山奇水秀，触目成春，无论晴雨，道出西湖变化的四时佳兴。游人到此，每每驻足，反复吟咏——就算绕晕，心甘情愿。

联意化辛弃疾"雪里温柔，水边明秀，不惜春工力"词意，以及苏轼"山色空蒙雨亦奇"诗意，了无痕迹。

妙处其一：上联从空间落墨，写西湖常景，山明水秀，无处不美，下联从时间着笔，说西湖晴好雨奇，无时不佳，确实可称为情景并茂、表里皆美的叠字联珠佳对。

妙处其二：出新，有趣——这副叠字回文联以 10 个常见单字对对排列，像五双大眼睛，扑闪扑闪的，调皮可爱，张望西湖四时景色。任何人，都能撇开学问修为，闭着眼野蛮断句（四六、七三句式等）、变位（跳读、倒读等）、简化（八言、六言、四言、三言等），你不讲理它讲理，怎样都文通字顺笑眯眯。若文字魔方，有赌书泼茶般的好玩：

1. 顺读

水水山山处处明明秀秀；
晴晴雨雨时时好好奇奇。

2. 倒读

秀秀明明处处山山水水；
奇奇好好时时雨雨晴晴。

3. 行、草分开跳读

水山处明秀；
晴雨时好奇。

4. 踩花格

水处明，山处秀，水山处处明秀；
晴时好，雨时奇，晴雨时时好奇。

5. 叠字拆开读

水明山秀，水山处处明秀；
晴好雨奇，晴雨时时好奇。

水水明，山山秀，处处明秀；
晴晴好，雨雨奇，时时好奇。

水处明，山处秀，水山明秀；
晴时好，雨时奇，晴雨好奇。

水山明，水山秀，处处明秀；

西湖天下景亭

晴雨好，晴雨奇，时时好奇。

水处山处，水山明明秀秀；
晴时雨时，晴雨好好奇奇。

水水山山，处处明明秀秀；
晴晴雨雨，时时好好奇奇。

水水处明秀，山山处明秀；
晴晴时好奇，雨雨时好奇。

水水山山处处明，明秀秀；
晴晴雨雨时时好，好奇奇。

　　绝大多数读法都堪称绝妙。戴着镣铐跳舞，能跳得
如此潇洒自由尽兴，也是奇事一件。

此类作品中不乏力作，对仗、音韵、节奏、辞藻、意境诸美兼备的时而有之。然初学者于叠字联、回文对、过长联不宜多作，易陷入玩弄技巧的窠臼不能自拔，而忽视楹联本意——提纲挈领，简洁优美，真情实意，方为初心。

陇中才子黄文中，曾留学日本，参加同盟会，与孙中山是故交。后因前志不改，他开罪于甘肃当局，不得已，称病寄居杭州，在俞楼一住就是 3 年。不承想倒翻出一番意趣，成就了杭州和黄公本人双重的福气：他处处点题，共为西湖题撰 17 副楹联，还在悬挂的有 12 副，其中包括这副趣联。

有人推测，此联脱胎于下面这个古联：

翠翠红红处处莺莺燕燕；
风风雨雨年年暮暮朝朝。

相距不远，就在孤山花神庙。

一联上下，全部叠词叠韵，同字、排比语、衔接自对，够不容易的了。更重要的是，这些字如果不是叠起来读，根本读不通，只有叠了之后，读起来才音调铿锵，平仄和谐，语意顺畅。

这是非常南方的一种情感、一种遣词造句的方式——一路嘈嘈切切，交代得非常细腻，充斥着彷徨和眷恋。就像江南一带的越剧和弹词，是软的、慢的、环绕的，本身就具备音乐性。

楹联来处很有意思。

据说从前杭州有位老秀才，他能诗善对，学问很好。

一天，这位老先生应和尚之邀，去给花神庙写对联。他举目四望，依据周围景色，很快写好上联："翠翠红红处处莺莺燕燕。"

然后，他让人把上联贴出去。此时，老秀才格外得意，一边饮茶，一边眯着眼捋着胡子，暗暗思忖："待到谁也对不出下联时，我再露一手，方显出我的高明。"

可没想到，上联刚贴出，有位书童恰好路过。他文不加点，写出下联："风风雨雨年年暮暮朝朝。"

老秀才大吃一惊，心里却不服气，便说："我这上联前后可以颠倒呢！"接着高声念道："燕燕莺莺，处处红红翠翠。"

小书童说："我这下联字句也可以变换呢。你听：朝朝暮暮，年年雨雨风风。"

老秀才平素被文友们抬得高高，怎么肯认输？于是提笔，又在上联中加上四个字："莺莺燕燕，翠翠红红，处处融融洽洽。"

谁料小书童也在下联上加了四字："雨雨风风，花花草草，年年暮暮朝朝。"

至此，老秀才方知道遇上了对手，拱手言道："果真对得好，对得妙！"

一旁的和尚也赞不绝口。

想来花神庙还在时，两副妙联遥遥呼应，可谓钱塘楹联的一桩佳话了。如果真的是受此启发，从立意、炼字等各方面来看，前者也青出于蓝，而一时无两。

"西湖天下景"亭附近是全园的中心点，中山公园的"诗眼"所在。门外有牌坊，像个起首，未成曲调先有情。

中山公园牌坊

孤山南麓中部，中山公园对面，临湖有个大牌坊，上有一匾"光华复旦"。想当初，清康乾祖孙、乃至宋理宗入住行宫，应是在这附近下船的吧？

匾额在望，有联赫然：

山外皆山，峦岫绕成清净界；
画中有画，笙歌谱就太平图。

——吴芝瑛撰　祝遂之书

进了牌坊，便是利用御花园的一部分改建而来的庭院。如联意所示：远远近近都是山，峰峦周围绕着颜色清浅的云彩，中间穿插有溪、潭、花、木、亭、桥等，真是一个与世隔绝、适合清修的好地方啊！

园补新墙，人换宫妆，只有湖山无暇管兴替，它们一幅套一幅，恣肆烂漫，过眼皆画图。遍地笙歌，谱的都是太平景象。

而通向乐园之路，是一条铺满"万岁、万岁、万万岁"山呼之音的路。

文字端庄，撰联人的心也端庄。

登高以观景，沉醉其中，看到的为"无我之景"。若以愤懑之心来观景，落于笔端，看到的就是"有我之景"了。还记得文天祥"山河破碎风飘絮，身世浮沉雨打萍"的诗句吗？作者作此联时，心情正是如此。

作者吴芝瑛，秋瑾的挚友，生于桐城，嫁在无锡，游走于四方。工诗文，尤精书法。

说起来，秋瑾的几位好姐妹都是一世英豪。二人籍贯不同：安徽，浙江，八竿子打不着的关系。可事有凑巧，秋瑾的丈夫曾捐过一份官职，与吴芝瑛的丈夫成了同事。更巧的是，他们两家在京城租住的房子又挨在一起，成了邻居。她们接触过几次后，发现对方不但才华横溢，还都是性情中人，有家国情怀，因此义结金兰，订生死交。

秋瑾牺牲后，遗体被弃街头，长达数日之久，无人敢前往认领。吴芝瑛得知消息，悲痛欲绝，拖着大病初愈的身体，四处疾走：桐乡找徐自华姐妹，绍兴"偷"遗体，杭州买地，风雪渡江，终埋秋瑾侠骨于西泠桥畔。

1908 年，她们专程到杭州扫墓，为秋瑾祭上悼诗。后来，清廷削平秋墓，大肆搜捕秋瑾余党，吴芝瑛便拜托可靠亲友，暗地将墓碑运回上海自己家里，建了一座上下两层的纪念亭。非但如此，她还在秋瑾就义的绍兴古轩亭口造"风雨亭"，在杭州别墅"廉庄"内建纪念亭，亲题亭额"悲秋阁"……洗脂粉，去矫情，全为大义，这才是真正的中国好闺蜜。

清末，侵略者在中国放肆，清政府高层只想着"量中华之物力，结与国之欢心"，内部又高度腐败，无心作为。秋瑾及其好友吴芝瑛等亲历庚子之乱，亲见匪徒暴行，旗帜鲜明地反封建反侵略者，救国之心如火焚烧。

秋瑾舍得一身剐，以死求仁，为国捐躯；吴芝瑛、徐自华则冒死护友，为人舍己。她们慷慨豪纵的侠女作派让人不能不确信：此副楹联中，对清廷"做一天和尚撞一天钟"、画圈自保、弃绝天下、不问苍生的执政模式隐含讥讽，一如林升当年，用"暖风熏得游人醉，只把杭州作汴州"的诗句对南宋政府同样的执政模式隐含讥讽一样。

文澜阁——光阴濡毫添锦绣

　　中山公园右侧，一墙之隔的，是文澜阁，西湖博物馆的一部分。门面不起眼，牌子很小，但气场足够。

　　这是一座重檐歇山顶建筑，屋檐下挂着块牌匾，用满汉两种文字写着"文澜阁"。清代乾隆年间，改建文澜阁，专门用来贮藏《四库全书》。

　　历史变迁，天地仁厚，孤山取光阴灵秀，绝岁月风尘，赓续一地文脉，有看不见的迤逦之美。

　　其中，一间客房的中堂墙上有副楹联：

秋水初晴，浪澄烟外；
幽兰未放，香在云端。

——〔清〕郑板桥题

　　用心领，用神会，多念几遍，觉和昆曲相类，启口轻圆，收音纯细，一字之长，延至数息。整体上是收着的。

　　说的是眼前景色：雨后初晴，秋水格外澄澈，浪花亮晶晶的，活泼跳动，远远地，作为背景板的云烟飘荡，似有若无。仙气飘飘的兰花还没开放，香气却已暗暗飘动，摇摇上碧空，浮在云端了。

"水"冠以"秋"，是自然的节律，也极言其明净深邃，难怪人们常用"一泓秋水"形容女子的眼波。而"兰"冠以"幽"，绘其生长环境，幽僻避开繁华，也隐其气质性情，不以无人而不芳。

八个字，云水貌，兰草香，不似人间，美景美物，赏玩，也言志，似耳语的轻柔。

对句的宽视觉对仗很讨喜，如此一来，句子就不会意小而笔弱。

这更像是花鸟大师郑燮手下幽兰图的一段题跋。因循他惯常的构图方式：图为竖轴，兰草位置很低，上面三分之二是留白，下联的一句为大片留白做了安排——那里被幽兰的香气填满了。

清乾隆十九年（1754）的春天，杭州西湖上的画舫中，飘出"老渔翁，一钓竿，靠山崖，傍水湾，扁舟来往无牵绊……"的歌声，还不时传来朗朗笑声。

这种民间艺术形式叫作道情，作者是"扬州八怪"之一的郑板桥，唱曲的是湖州太守李堂。座上还有本地父母官——杭州太守吴作哲，是他的邀请，才促成这次相聚。

郑燮，民间惯称板桥，诗书画三绝。他曾两次来杭——第一次他刚40岁，还值壮年；第二次他已62岁，迈入老年，湖上唱道情就是这次旅杭的事。

文澜阁

由于连续遭到父殁、子夭、妻亡三个重大打击，加之家道消乏，郑板桥意志非常消沉。次年秋天，他来到杭州。

二次来杭，此时宦海浮沉后，已"乌纱掷去不为官"。60 岁生辰日时，他曾写过一副自寿联：

常如作客，何问康宁，但使囊有余钱，瓮有余酿，釜有余粮，取数叶赏心旧纸，放浪吟哦，兴要阔，皮要顽，五官灵动胜千官，过到六旬犹少；

定欲成仙，空生烦恼，只令耳无俗声，眼无俗物，胸无俗事，将数枝随意新花，纵横穿插，睡得迟，起得早，一日清闲似两日，算来百岁已多。

他就是带着这种心情到杭州来的。

10 多年前，他在山东潍县做县令，画过一幅兰草，送给在范县工作的杭州朋友杨典史，并题诗：

兰花不合到山东，谁识幽芳动远空。
画个盆儿栽回去，栽他南北两高峰！

后来，杨典史因病归杭，画竟被某位权贵夺去。板桥来了，朋友却已去世。其子孙前来拜望。板桥既念故友，又恨恶徒，于是画兰相赠，题前作，又重题诗：

相思无计托花魂，飘入西湖扣墓门。
为道老夫重展笔，依然兰子又兰孙！

就这样，郑板桥湖畔流连，慢慢恢复了一些精神。他写信给堂弟，表示对杭州生活的满意："我已无家不愿归，请来了此前生果。"竟打算终老杭州了。

兴致浓时，他提笔作联，将西湖之美及画兰往事统统写进诗联，留下墨宝，让人至今犹记。

品板桥联意，饱润书香，接下来，可有两种选择——时间充裕者可沿山脊往东探幽览胜，沿途有放鹤亭、林社等；逛饿了的，请直接出门右拐，去楼外楼。

楼外楼——春风十里动酒旗

菜馆楼外楼始建年代有清道光、同治、光绪三种说法，一般多认为"道光年间"一说较为可靠。

创始人名叫洪瑞堂，当年是位从绍兴来杭州创业的文人。菜馆的命名也有两种说法。一种说法是掌柜自己受到诗句启发而取。另一种则有鼻子有眼：洪掌柜到前邻俞楼那里，打算请个命名。俞樾说："既然你的菜馆在俞楼外侧，那就借用林升'山外青山楼外楼'的名句，叫作'楼外楼'吧！"

此名洗去商业味道，与山水、人文融为一体。不似国内外个别名胜，边上楼宇，像景点长了疮。

> 屈醒陶醉随斗酌；
> 春韭秋莼入品题。
>
> ——〔清〕彭玉麟撰

屈子爱花，陶令善饮，都为心头好写下过不朽篇章。而"韭"和"莼"都是古代文人喜题之物，老杜的"夜雨剪春韭"，大苏的"青蒿黄韭试春盘"，大苏的"秋思生莼鲙"，放翁的"莼丝初可烹"——入诗无不清新。

楼外楼

重要的是，这两种为杭州有名的蔬菜。比如莼菜，可以榨汁或磨粉，加上桂花、糖、干果等，蒸成糕点，软糯鲜甜；也可以与鱼、肉一起配成西湖莼菜汤，嫩娇水绿，细柔滑嫩，吃上一口，这个秋天就没白过。

此联又风流又雅洁，点俗成雅，拔高了酒楼。

那盘盘碗碗的春韭莼菜，对穿越战火幸存下来的人，都是安慰——要说作者彭玉麟，可真是位响当当的传奇人物，遍数史上豪杰，没几个能超过他。

有人曾对其作如下评价："报国真忠臣，刚正真丈夫，淡泊真名士，痴情真男儿。"

——说他是真忠臣，因其与曾国藩、左宗棠并列，中国近代海军奠基人，殚精竭虑为国家；说他是真丈夫，因其一生刚正不阿，不惧权贵，就算是自己的亲儿子犯

楹联之美品钱塘

HANG ZHOU

了军法，照样判处死刑；说他是真名士，因其一生竟六辞高官，隐居草庵，不治私产。所以有民谚说"彭玉麟拼命辞官，李鸿章拼命做官"。

要特别赞一下第四条：痴情真男儿。说他是真男儿，因他一生痴情。初恋情人梅姑被父母另嫁他人、以死铭志后，他伤痛万分，立誓在有生之年，画出万幅梅花，以表心意，并在后来的40年中，永绝妻室之欢。

清同治八年（1869），时年54岁的彭玉麟交卸官职，赴浙江就医，借住在西湖边的俞楼养病，初交俞樾，从此与杭州结下不解之缘。

在杭州，"西湖三少保"还有一个说法：岳飞、于谦和彭玉麟。岳飞、于谦都是冤死的，唯彭玉麟享大功名，平安终老。

当年曾国藩曾赠彭玉麟一副楹联：

> 千古两梅妻，公几为多情死；
> 西湖三少保，此独以功名终。

融人、融情、融事于一身，尤见神思。

一颗心，既能装得下云朵清风，也能容得下日常的琐碎平庸，就可称得上圆满了。这样的一个人，万方具备，连许多名士免不了的狗血恋情都不沾边，方能将出尘香和烟火气同时随斟酌、入品题，执笔之手是化骨绵掌，出字老辣，运转自如，磨去了顿挫，多了些藏锋，一如人老了之后时间附赠的从容。

俞楼——窗开苏小做邻家

与楼外楼离得最近的，是楼后的俞楼。

俞楼主人是楼外楼的老主顾之一——俞樾。以苏小小其人其事为题的众多诗歌、楹联中，有他的一声叹息。而能在景区中心的中心、毗邻苏小小墓的地段建楼居住，这种待遇也不是随便什么人就能得到的。

合名臣名士为我筑楼，不待五百年后，斯楼传矣；
傍山北山南循地选胜，适在六一泉侧，其胜何如？

——〔清〕俞樾题

大儒自题此联，说名臣名士们为自己筑楼，不用等五百年后，（人们就能知道）它会以楼传名。此山北、彼山南，还紧挨着西湖，依山傍水的，这个胜地选在欧阳公的六一泉边，景色怎么样？

九六四句式，不能一泻千里，却可檐雨叮咚，写着舒服，听来悦耳。

老先生一生总在漂泊，辛苦遭逢，几十载倏忽即过，猝临桃花源，充满幸福感，难免溢于言表。艺术家、学问家难免一辈子童心不泯——长的是年纪，不变的是童心。

最先提议募捐造屋的学生名叫徐琪，字花农，人们习惯称他徐花农。徐花农是诗联家，书法也好。他出身很苦，穷孩子一个，父亲去世后，曾随母亲逃离杭州城，投亲如皋，母亲替人缝缝补补，花农则卖烧饼，母子相依为命勉强度日。

到他一日发达，总不忘旧日在物质和学问上帮助过自己的老师们，不但送钱送物，还向朝廷申请诰封老师顾梅卿，出资并积极募捐给老师俞曲园造屋，让初到杭州的恩师有个安稳的住处。非但如此，后来他还为自己取了一个号，叫作"俞楼"，以感念师恩。

再后来，恩师去世，徐花农悲痛万分，作长联哭挽：

四十年身侍门墙，谊属师生、恩侔父子，溯饮食教诲以至家计支持，自游庠始通籍，迨抽簪悉绕慈怀念虑，最伤心前度书来，未及月余，竟以此缄绝笔，何日见公、何日报公？只萧寺清斋，尽情一哭；

五百卷手编著述，上穷经训、下条稗官，与诗古文辞俱为后人津逮，况贤孙登高第，乘星轺足怡晚福期颐，忽蓦地立春夜半，惊看电掣，果然梦奠两楹，而今已矣、而今休矣！待儒林列传，从祀千秋。

遍数恩义，读来字字血泪。

诗联传续，不忘师恩，半生没有断过联络，乃至奋力造屋相送……有这样的学生是幸福的。师生情谊如此自然、美好，却无铜臭与矫情。是诗联佳话，也是尊师佳话；佳话属于杭州，更属于中国。

俞园东侧，果然有泉——崖壑凹处有一座四柱半壁亭，亭前有一小池，苏轼为怀念其师"六一居士"欧阳修，取名"六一泉"。

旧时亭内有联：

> 湖山两孤，此处有泉可漱也；
> 天一地六，先生自号无说乎。

——佚名撰

其实，也难怪俞樾老人家对俞楼的种种有点小得意，如这副联所说：

此地背倚孤山，面对西湖，旁边有这眼六一泉，是隐居的好地方啊！"漱流"之典出自《世说新语》，指隐居生活。

而"天一生水，地六成之"，符合《易经》，先贤欧阳修自号"六一居士"，难道没有什么道理吗？

此地山水独标，在此亭台高卧，漱流枕石，那种生活真的不错。

也是沐浴过仕途之光的——清咸丰五年（1855），俞樾任河南学政。

话说自朱元璋将八股文确认为科举文体后，明清两代的科举命题被限定在四书五经之中。而考题不能重复，这很令考官为难。于是，他们会将句子打乱，组成一个考题，叫作"截搭题"；或将内容不相联的话捏在一起，使考题显得新奇，此谓"割裂题"。

俞樾挖空心思，出了考题："君夫人阳货欲""王速出令反""二三子何患乎无君我"。不料被御史曹泽歪解——头一道可以理解为皇后想红杏出墙，这是欺君罔上，毁谤皇室成员；第二道在鼓动皇室成员造反；第三道就更严重了，表明要谋权篡位！

好不容易被当朝咸丰皇帝重视，感恩还来不及，怎么会如此？然而一旦被当权小人盯上，你浑身是嘴也说不清。俞樾从此被革职回乡，再没出仕。

四处奔走，没想到晚年却讲学杭州，又有学生造屋相送，西子湖畔定居，做梦一样地好。

他打好了谱，要在这里终老：

> 越水吴山随所适；
> 布衣蔬菜了余生。

这也是他自题的俞楼楹联。越水明秀，吴山温柔，自由自在任我行，能以布衣暖，菜蔬饱，无官一身轻，了此一生，是大幸运之事。

"湖山天一"联并没有多写泉，而从外围找相通点，半瞑半昧，舍貌取神，只以一个"漱"一个"号"，两字点出六一泉的意义。散文句式的运用，让作者与读者有种面对面的亲切感。

前番说板桥题联大类昆曲，此处的两副倒有点像京剧里的花脸，呼呼哈哈，满不在乎，啥都不吝，有着别样的可爱。

慕才亭（苏小小墓）
——万顷红碧一角香

俞楼右转，北走几百米，过西泠桥，是慕才亭。六角攒尖顶，像个盖子。

亭下是南齐佳人苏小小之墓。

当年，她客居西湖，与文人雅士多有来往，成了钱塘一带有名的歌伎。佳人薄命，19岁便病逝，心愿是埋骨西泠。

墓小，亭也小，没坐没站的，不为旅人休憩，只罩着墓。

亭称慕才，据说原是苏小小资助过的书生鲍仁所建。6柱12副，楹联满满当当，古今混杂，无白可留，似人们说不完的叹惋。

作为楹联大匠的曲园先生，不可能不为这位芳邻送上笔底明珠：

桃花流水杳然去；
油壁香车不再逢。

——俞樾集句　祝遂之书

上联说踪迹全无，句出唐代李白《山中问答》诗：
"桃花流水杳然去，别有天地非人间。"下联说再不能
见，句出北宋晏殊诗："油壁香车不再逢，峡云无迹任
西东。"集句人灵慧，衔接如此自然，念上去上口，恍
若自己心出。

上联四字"桃花流水"借"诗仙"的仙气，暗喻苏
小小的神姿仙态，说她的悄然离去，也说时光的倏忽即
逝；下联四字"油壁香车"借晏诗的婉丽，代指苏小小
的美丽贵气，也说人生的转头成空。

美好不美好的，都失去得这么容易，贵气不贵气的，
最后一切都不属于一个具体的谁，而只属于这个世界——
就算慈禧口中的夜明珠，也不过就用那么一回而已。美
丽的人，美好的相遇，与天地相比，其存在仅仅是一小
会儿的事。永久的，是"杳然去"和"不再逢"。

语句里面也埋伏了一些"书外功夫"：白堤遍插桃
花，西湖流水潺潺，那时的桃花，那时的流水都已过去，
暗示着时光的递移、美人的杳无踪迹。油壁香车正是苏
小座驾，当年她青春年少，酷爱西湖，因此筑屋移居此
处，还面朝西湖开圆窗，晚上抬眼便见一面湖水。据说
她由姑苏刚来时，每日乘车，环湖漫游，笑语朗朗如轻
铃串串……油壁香车，以及这一切场景，都不见了。

叹息轻微，如当时伊人裙摆，既藏着轻盈和悦的鸟
叫声，细小稠密，也笼着湖上愁云似的薄雾，命运未知。

丝丝缕缕地缠绕，大片留白，是给读的人填充想象
的。美得有厚度，是语意，也是心绪；是总结，也是预言。

俞樾深情，却总在失去。

夫人文玉曾堕齿一颗，他细心包好收起。多年过去，夫人离世后，也已开始掉牙的他，将落齿与珍藏 15 年的爱妻的牙齿一起埋葬。这算是另一种形式的相伴吧。

女儿绣孙天资聪慧，10 岁能诗，也爱撰联，活泼开朗，让夫妻俩享尽天伦之乐。平时父女常聚，短暂离别也会写信问候。一次远游，俞樾寄信绣孙：

> ……吾尝言人生须分三截：少年一截，中年一截，晚年一截，此三截中无一毫拂逆，乃是大福全福，未易得也。三截中有两截好，已算福分矣。……汝少年总算顺境，但愿以中年之小不好，博晚年之大好，仍不失为福慧楼中人。善自保重，深思吾言。

内中可见慈父的拳拳之心。然而她的英年早逝，成为插在父胸的一把刀。老年丧子，人间至痛莫过于此。

莫笑老先生偶有轻狂，其实不管是中年心绪还是老年喟叹，他的心境都带有一丝忧郁。俞樾轻笑是诗，不语是词，泪眼望去尽相思。

> 湖山此地曾埋玉；
> 花月其人可铸金。
> ——〔清〕程曾洛撰　马世晓书

联意充满礼赞的心情：湖山秀美，这里掩埋着洁净如玉的那个人，而那个人，她似花朵和月亮的样貌、性情与品质如此可贵，都可以拿来浇铸成金子了。

上下句角度不同，错骨分筋，说地说人，难得自然衔接，可以为一体。写景联难得景中有议论，如此境界自然更上一层，堪为小小生平写真。

慕才亭

这是民众最耳熟能详的古联之一。以后有人改"花"为"岁"——"岁月其人可铸金"。其实是大失光彩的。

后来，有位作家，是位德高望重的老先生，他来过杭州，游览之余，驻足此亭，打量良久，细细比较后，对此联特表赞赏，曾在给亲友的信中说出自己的见解：我欣赏此联，因其简赅，胜于其他长联。他易"花"为"风"，"风月其人可铸金"——不再赞美苏小小的美丽与纯洁，直接点出了其身份。这一改，似玉上瑕疵，花上虫眼，怎么看怎么有碍观瞻。所以，在风景区讲人性，是小说家的误读——虽说"风月"有两种含义：清风明月；声色场所或风骚。但显然，此联指的是后者，而且，"风月其人可铸金"既无礼，也不通——等于说：你别装了，你就是个风月场中人！都这样了，还怎么"铸金"？

然而到底大多数人不是作家，在字句上没那么较真，如今还是怜惜战胜了身份，改回原字。终于还了此联雪肌花貌玉精神。

　　本联作者资料极少，零星简介"陆岫芬，字芸仙，吴县人，仁和诸生程曾洛室"，出自清代《闺秀词钞·卷十一》。侧面可知，他是晚清杭州的一个读书人，影响力还不如妻——从人家作品前简介里扒拉出来的，就这么一句。

　　可纵然诗史不记，这副联，它光标西泠，晶莹剔透，传播度、美誉度是能让这位先生自豪的。

西泠印社——铺排古意入印文

楼外楼右邻，是大主顾西泠印社。从苏小小墓到这里，比到俞楼还要近一点，300 米左右的样子。无论从人文意义的厚重，还是从罗致内容的繁复来看，这里都值得专门来一趟，一两个小时是看不完的。

说起来，除了是印学圣地，西泠印社还堪称典型的小型山地园林，根据地势而加以营造，疏密得当，洞天别属。

这里也是很好的西湖风景观赏点：向东，可眺里湖，赏里湖的荷花、宝石山上的保俶塔；向西，可眺外湖大片的风光。在孤山之西，又可前往北山，白堤近在咫尺，苏堤亦全程入眼。

山川雨露图书室

建于 1912 年，印社初创时期建筑之一，简约，宽大，稳重如山，中规中矩，典型的民国遗构，似普通民房，门前几竿高个子的翠竹，左手边的一个月洞门，粉白色，矮矮的，须弯腰低头方可通过。

有楹联记录时光：

此屋阅沧桑，幸比邻竹阁柏堂，劫火犹留一净土；
同人寿金石，愿追溯秦符周钵，瓣香岂仅八先生。

——王禔题

创社的丁仁、王禔、叶为铭、吴隐，四人对印社的意义不必多言。王禔，号福庵，"创社四英"中成就最大的一个。10多岁时，他就有了篆刻上的声名，上门求印的人都快把门槛磨平了。随着年龄的增长、技艺的进步，他对篆刻的喜爱更加深厚，终日沉迷其中，竟起别号为"印奴""印佣"，存了为篆刻服务一辈子的心思。创社就是这心思的一个集中体现。

他的感慨自然而然。这间屋历尽沧桑，所幸与竹阁、柏堂这唐代遗存、高风亮节之物相邻，于浩劫战火中留下了一块净土。而印人与金石共守，决心继承前人衣钵，献上一瓣心香……有这份心愿的又岂止那8位贤人呢？

阅尽春秋，神交先贤，"此屋"自然洁净，"同人"自然心清。

联中，有微妙的意境、才趣，有生命的色泽、温度。表面文字很难衡度和量取，而只能依赖感受和悟想——

那一年，国家命运飘摇不定，覆巢之下，完卵万难。多少人宁做太平狗，跪舔求功名，这4个文化人却继承"西泠八家"之志，坚守印学阵地，有这等壮士般的心胸节操，以及付诸行动的刚强果敢，不容易。

更难能可贵的是，他们完全不在乎名利，推来推去，谁都不肯答应做领袖。曾有人问他们：为什么不做社长？

他们惊讶得很，回答：我们创立印社，目的不是为了做社长啊！

其实，他们个个都是治印高手，颇有口碑。像现在似的：几个小伙伴一起创业，CEO、COO、CFO、CTO等，首席执行官、运营官、财务官、技术官等，类似的官，各尽其长，就算按抓阄的方式，分而治之，四人衣紫腰金，扬名立万，谁也说不出什么来，毕竟人家出点子、出地、出钱又出力。但他们没这么"聪明"。

南怀瑾在一次演讲中说："中国传统文化要怎样才能传承下去啊？"言毕，不禁落泪。其实，"创社四英"何尝不是将中国印学当成了信仰，为了它的存续而焦心、费心？这些人心底无私，书生气太浓，浓得纯挚可爱，直叫人反观自我而羞愧。

1904 年建社，直到建社 10 周年，他们才郑重从上海请来印学大师吴昌硕，西泠印社才有了第一任社长。

清末，杭州曾出现过许多出色的篆刻家。其中，浙派篆刻的形成来自于后浪对前浪的追随或私淑。如果没有他们，或许仍会有某某印社，但不一定会诞生在杭州，西泠印社与西湖构成的双重魅力便未必可以得见了。那该是中国文化史多大的遗憾。

竹阁在柏堂西侧，清代古物。可比对楹联进行观照。

柏　堂

唐宋时，广化寺又称孤山寺，寺及里面的一些建筑，据说为唐代白居易所建，宋元等各代都有修缮。黑瓦顶，红板门，优雅的平座与勾栏……前后左右，被老里老气的古建团团围住，仿佛昨夜真有一场唐风宋雨，将这里冲刷得从花红胜火变为绿肥红瘦。

其实，由于年代久远，就算刷了新漆，一些配套的东西也不可能鲜艳明亮，但那种颤颤巍巍又格外坚强的古意却很耐看。

柏堂门柱楹联：

旧雨新雨，西泠桥畔多题襟，溯两汉渊源，藉征鸿雪；
文泉武泉，四照阁边同剔藓，抱孤山苍翠，合仰名贤。
——〔清〕胡宗成题

联意谓：新朋旧友，围绕在西泠桥畔的题签多多，朝上追溯两汉印学的悠久，借此在历史上留下些微印痕。而文泉武泉，簇拥在四照阁边，清洗冲刷着苔藓，让字迹依旧新鲜，环孤山的苍翠，一起仰望大名鼎鼎的金石圣贤。

"西泠四泉"——"印、潜、文、闲"中，并没有武泉。这里用此字样，或求与文泉相对，或作者心中有对某泉的偏爱，私密命名也未可知。

四七五四句式适合抒情，不激烈，有照顾有商量，有阴阳鱼似的圆通合拢，还不费气力；也有满月一样的清凉，自在喜悦泄溢出来。

有意思的是，在古诗歌中，如果太执着于用典，偶尔会让人腻烦，但在微诗歌的楹联中，则几乎不存在这种感受。可能因为短，还没来得及腻烦，就陷进去了，只顾着琢磨内蕴，忘了其他。

联中说的文人们到处题签抒怀，连游客都会深有同感——西泠印社文气馥郁，像这个城市十月里的桂花香，你走到哪，它跟到哪。就连孤山寺这么一座已经消失了的寺院，柏堂这么一座淹到建筑群里的小建筑，都留有白、苏文坛宗匠的手泽："孤山寺北贾亭西，水面初平云脚低。""画堂新构近孤山。曲栏干，为谁安？"印社和印社中人，以及这些山山水水，真幸福。

如果当真要画成卷轴，需要在竹阁、柏堂等屋宇间，添上芥子大小的斗笠客们——沉埋金石之余，他们会沿着小路，步出窄门，一步步走上皴笔大石的孤山去。

作为印社早期会员的胡宗成，是看着印社一点点"长大"起来的，1913 年，建社十周年庆，他还特意撰写了一篇《西泠印社记》。胡宗成精通音律，精于金石，棋下得好，是篆刻家、学问家、书法鉴赏和收藏大家。能看出，他文辞工稳，楹联里有着那一代印人常有的温厚谦逊。

柏堂内中堂画两侧楹联：

> 大好湖山归管领；
> 无边风月任平章。
> ——〔清〕许奏云撰　简琴斋书

这副联很特殊，借对，取双关义，属机巧联的一种。

字面意思不难理解，大好湖山全归（西湖）统领，无边风月任由（人们）品评。造句有点糙，却有种坦然在，像是孩子的天真无辜，似该当如此。

管领：领受。这里当"统领"解，也无不妥。平章：

柏堂内景

品评。

意译也像说话一样，透着北国风光式的大气：大好的湖山归毛笔来统领，美丽的景色任由印章来管辖。

其深层内涵还是赞美、祝福西泠印社，赞美、祝福西湖，而溢美不过，祝颂妥帖。从两个动词中取出"管"和"章"字，借义为对，来扣"印社"的题。化动词为名词，与字面意思里的"领受""品评"之意大不相同了。

于遍地温雅里，此联荡开一笔，有着开门见山的痛快，以及不明所以的"健康"——即便按照意译来看，这么不工整，最后两字词性失对，还是让人不以为病，意音相媚好，一如大江流。

款识为"许奏云"，此人字奏云，名炳璈，祖籍钱塘，生于广州高第街附近，为清末民初诗词、书法、金石名家，多年在浙江为官。

许炳璈写过一本《西湖百绝》——百绝，没有对西湖极大的热情是完不成的。所以你看，联中赞了印社，同时赞了湖山，赞了西湖景致。

作者生于书香世家，人生之路一路绿灯，文字难免染上个人气质。此联的外向、活泼和开放，不同于中国京昆旦角青衣式的内敛优雅，也迥异于净角音像上的粗粝豪壮，让人想到西方的表演艺术芭蕾舞，总是向外伸张舒展……舒展，而不刻意，正是世家子弟的气质外化。

许炳璈热爱西湖。热爱到什么程度？他在湖畔修了一座亭，亭边造了自己的生圹（生前预备下的坟墓。今亭在而墓不存），亭旁岩壁上，他自题"一片云"三字，故名"云亭"。

云亭建成后，许炳璈行动颇多：亭旁凿石为槽，以蓄山水，称"云泉"；泉后削石成壁，以供题刻；在石壁一侧，就山岩自然斜坡之势，开凿出一条上山小路。

因其兄也在西湖边建造了一座别墅"西园"，吴昌硕题书一副楹联，送给两兄弟：

卧龙高卧；
孤山不孤。

也算极致的推崇了。

他过 60 大寿时，正在浙江巡抚任上，前来拜寿的子孙辈有 70 个。为此，俞樾专门为他书写了一副对联：

聚儿孙内外得七十人，登堂同拜生辰，从古汾阳无此盛；

合夫妇倡随成百廿岁，转瞬再周花甲，如今吴
会是初筵。

　　记叙盛况，祝福主人，俗话雅说，一堂皆欢。俞樾
老果然是个中老手。

竹　阁

　　相传亦为白居易所筑，并在此小住。白居易有"晚
坐松檐下，宵眠竹阁间"的诗句，因此得名。为清光绪
年间重建。

　　门柱楹联：

以文会友；
与古为徒。
　　　　　　——丁上左集句　王个簃书

　　"以文会友"，出自《论语》，现在成了一句常用
语，办笔会什么的都会这么说。"与古为徒"，出自《庄
子》，意指和古人做朋友，这里指学习继承古代书画篆
刻家的优良传统。

　　此联全是古人成句，浑如己出，率真无羁而余味无
穷——先秦哲学、文学的优异，除了字句的讲究精练，
也来自诗风的直白、有力。

　　作者丁上左也是印社早期会员，丁仁长兄。对于弟
弟他们的追求，他是了解的，也是赞同的：无非是用文
字、用印来进行集会，交朋友；用文字、用印来追慕古人，
继承学问。就是这么简单。

楹联意蕴迥异于附庸风雅的官员，也不似惺惺作态的假文人。这简单的可爱正是世界的动人之处，在成年人、社会人中比较少见，有些人越长大越复杂、越坏，我们见得、听得太多。

杭州曾有座著名的藏书楼——八千卷楼，为清末"四大藏书楼"之一。丁氏兄弟为藏书楼主人丁丙（丁松生）的孙辈（其兄的曾孙）。在优裕的家族环境中成长起来的，其人生大都有种宽厚、明亮的性质。世代书香濡染，其心思之纯正自然而然，简练，淡雅，不夸张。就像这简简单单的八个字，笔画都没多少；就像宋瓷，朴素，沉静，含蓄，透着贵气。

说楹联透着贵气可不是装的。就说那些藏书吧，里面有许多孤本，仅极其宝贵的宋版书就有 40 余种。清光绪年间，丁氏兄弟的父辈将所有藏书以低得不可思议的价格出售，主要目的是将图书归于国家，不让其流失海外。丁氏家族品行的高洁已是代代传承、刻在骨子里了。

有人厌弃长联，是因为个别长联泛而不实，哗众取宠，自来水哗啦啦流淌一样，毫无节制，慢慢就使人形成了既定印象。长联固难，而短联也不易，取其精要而非无话可说，是不为而非不能，这才是制作短联的非常本领。

四照阁

孤山山顶，有座阁子间，始建于宋初。明成化年间，仍以四照阁名之，后又废。此阁不设门窗，四面敞露，无论从哪个方向望去，满目皆湖光山色。

时有楹联：

面面有情，环水抱山山抱水；

心心相印，因人传地地传人。

——叶翰仙撰　孙锦书

撰联的是叶为铭的姑妈，书写者是吴隐的继室夫人孙锦。现楹联实物无存。

对这两位才女，史上记载寥寥。只知道叶翰仙工诗词，梅花画得好，清逸出尘；孙锦工篆刻，善诗画，精制印泥，后来也成为西泠印社社员。

叶为铭、吴隐则因参与创立西泠印社而事迹醒目。

叶为铭原本是刻碑的工匠，手艺极好，口碑响亮，模拓彝器款识尤为精绝。创社过程里，又显示出足够的见识。四位创始人中，他是与西泠一辈子朝夕相守之人，当其他三位相继赴京沪发展，叶为铭不怕落单，坚守在湖畔。

吴隐则是其间最有经营头脑也是出资最多的一个，曾勤艺不辍，很早就成了名扬浙江的刻碑高手。后来，去沪上发展文化产业后发达了，他都没有忘记"生长西湖籍鉴湖"（自用印）的那段学艺杭州的人生经历。

吴隐与叶为铭同年，也曾拜在同门学印，情同手足，相揖以道，情义一直持续到老。

这副联的上联，点出了四照阁的典型特征：敞亮。它的每一面都四敞大开，（看得见）山外的水，水外的山，山环水绕的奇美。而作为印社创始人的眷属，太了解他们的初衷和贡献，因此，下联提到了景、印、人的关系：这些人，他们团结同心，将弘扬金石篆刻这件事做了起来。

因为他们，此地声名传播；因为此地，他们也为世人所知所敬。

四七式是常用的楹联句式，这一联的后半段中，自成部分回文联，有趣味，富音韵美，表达饱满到位。

同时，此联又是一副借义对，"印"字嵌得巧妙，借得自然，四个字，说印事，说印人共同的初心、友情，也让人有点想起四照阁的倒影，在水里，如复制粘贴……真正是情景交融，而扣题严谨，有余味，美美的，带着女性的温柔。如微光里花瓣初开时，花边的微微卷曲，一派简净平和。

女性喜撰联的不多，擅撰联的更少，传下来的实属罕见，可谓凤毛麟角了。

风雨亭（秋瑾墓）
——一朝曙色映云天

楹联之美品钱塘

H A N G

Z H O U

很多人把杭州定义为风雅、浪漫之所，这一点都没错。但如果仅仅将之视作"好看"的打卡地，恰是对她最大的误会。

西湖水藏江南韵，更举中国魂——

白堤尽头，就是风雨亭了，与岳飞墓共着一架栖霞山。岳飞——当年秋瑾还活着时，格外敬重这位大英雄。

风雨亭隔着一段湖面，与秋瑾墓相对。倒不远——在高德地图上测量，步行 393 米，6 分钟。秋瑾墓离俞楼和苏小小墓都近，南北各百米许，与西泠印社相距也不过两百米。这个区域的人文景点分布真是密不透风。

苏小小被亭子保护，秋瑾不用，风雨中自岿然挺立。这里没那里热闹，没那么受游客关注，但汉白玉造像四周灌木环抱，别有温情和珍重。

六月六日；
秋雨秋风。

——张长撰

名词闪烁，将整副联牢固地联结在一起，像布罗茨基所说，名词具有不朽的魅力。极简，写实，文气丰沛，有西方所谓"零度写作"的风度，"冷血"中自有温心，述而不论中，有将见者的思绪拉回秋瑾就义时刻的镜头感，悲愤和惋惜之情深埋字下——

六月六日，秋瑾行刑之日。据说女侠刑前有绝笔诗句——"秋雨秋风愁煞人"，所以为之营造的亭子以"风雨"命名。这七个字，先是山阴（今浙江绍兴）县令李钟岳自己"密藏"，后因奉命处决秋瑾而内心自责，不久自缢。条幅去向不明。

这位不满 32 岁就离去的女子本闺阁弱质，其浩然之气，令多少男子汗颜。

是"秋风秋雨"，还是"秋雨秋风"，两个说法都有，甚至有人认为是别人伪造的。秋瑾同时人陈国常诗中引用，作"秋雨秋风愁煞人"（或作"愁杀人"，意思相同），注中说"系烈女临刑时语"，不知确实是这样的，还是为了平仄稍作调整（"秋风秋雨愁煞人"，平平平仄仄仄平，出律了）。

几乎所有人都宁愿相信这是秋瑾写的，自动忽略那个存疑。

秋瑾墓辗转大半个南中国，七十年内屡迁，令人唏嘘。

秋瑾墓某次迁徙时，桐乡人张长写了一副挽联，挂在杭州秋社灵堂上。虽着字不多，却包罗无限：英雄殉国是六月六日，英雄遗言是半句忧国忧民的诗歌。风雨如晦的中国，在那一天失去了自己的一个好女儿……

出、对句都是极普通的词语，却很有内容，这说明好句不需做作。许多时候，浅直即意味着简单，然而除了不负责任的随意涂抹，像这样镌龟刻简般的倔强歌唱，纵然三言两语，却其力隐藏，其味深邃，复杂难言。此联如一个聋哑之人，内心的滚烫翻滚，通过眼神表露无遗，而又掩之万千。

这使人想到盛行于西周到西汉的四言诗——"浅直"只是一种表象、一种形式。因为纸张发明和大批量生产之前，用来书写的简与帛很珍贵，需要俭省，因此字数受限，没办法婉婉转转翻出花来，只能直白，拣最本质的东西说，然而又不能真的浅白，其内在应该是丰富、甚至纠缠的，它根本上还要是一种独特而底蕴深厚的个人创造。

孙中山曾来到杭州的秋瑾祠祭悼秋瑾，亲题"巾帼英雄"的匾额，还写了一副挽联：

> 江户矢丹忱，感君首赞同盟会；
> 轩亭洒碧血，愧我今招侠女魂。
>
> ——孙中山撰　胡汉民书

孙中山是秋瑾的朋友，日本留学时，做了同盟会的发起者之一。所以，他说：在江户，你（为革命）发誓贡献赤诚之心，感念你最先赞同我的政治主张，加入同盟会；你在轩亭口被杀害，非常惭愧，我迟了这么久才来为你招英魂。回忆，怀念，感激，敬爱，哀痛，抱歉……杂感陈喉，一吐为快。

面对众人的发言，其中有多少不属于自己的话语呢？最真挚的对话，只能在"我"与"你"之间展开。所以，古来丧联多好句。

风雨亭

在拜祭的现场，此联流露出一种面对故友的剖心剖肝，刚烈与委婉交织，可见内心起伏。

其实，孙中山当年东渡扶桑10余次，是起事屡屡失败后的无奈之举。在那里，他化名"中山樵"，秘密地进行革命活动。1904年，秋瑾不顾家里的反对，自费赴日本留学，参与创办《白话》杂志，并任主编，写的编的，都是反帝反封建的檄文。孙中山曾鼓励她可以"依据此特长，利用宣传工具，报告时事，解决实事"，而她也听从建议，以"鉴湖女侠"等笔名，在杂志上发表了《敬告中国二万万女同胞》《警告我同胞》等文章，抨击时代丑恶，宣传女权主义，号召救国。

1905年，待她短暂归国后二次到日本，就加入了同盟会，与孙中山成为并肩战斗的革命战友。因此，联中说"感君首赞同盟会"不是空穴来风，是渗透了曾一起迎着血雨腥风的生死相依。

1913 年，新墓成。在原墓址上，造了这座亭。当然，后来墓址又有几次迁徙，去又回。按下不表。

侠之大者，为国为民。于最黑暗时搏命抗争，国家和人民永远不会忘记他们。风雨亭，右边苏堤一撇兰意，左边孤山、俞楼兼工代写，前面西湖泼墨，隐现阮公墩、湖心亭和小瀛洲皴皴点点，而游人如织，相互拍照……天生一幅好图画。正是烈士生前以身饲虎、为后世挣来的愿景成真。

放鹤亭（林逋墓）
——月摇梅影瘦成诗

从风雨亭继续东行，到孤山北麓，一眼瞥见的，就是放鹤亭（林逋墓）。

这是一座常见的重檐歇山顶式的建筑，虽说营造郑重，面目并无出奇。清代康熙皇帝曾临幸过此地，赐"放鹤亭"匾额及《舞鹤赋》书法一幅，刻之于石——今天犹在亭内。

北宋诗人林和靖有才名，不好功名，长期隐居孤山，30 余年不入城，终生不仕不娶。他忍寒苦，安淡泊，伍清泉，侣梅鹤，自谓"以梅为妻，以鹤为子"，人称"梅妻鹤子"。所以，此处景观称"梅林放鹤"或"放鹤寻梅"。

元代初修放鹤亭，现亭为 1915 年重建。墓在亭南，如一个"土馒头"。说是墓，其实里面只有一砚一簪，算个衣冠冢。

史上异人，到林逋君也就到了极致。他风骨高标，一心向月，月摇梅影瘦成诗。

慕其心志，感其决绝，古往今来楹联无数。现亭柱上保留了4副。

世无遗草真能隐；
山有名花转不孤。

——〔清〕林则徐撰　林散之书

林逋有意不存遗稿，故"无遗草"，而且"真能隐"。山上被他种满梅树，清名盖世，所以说这个山"转不孤"——从孤独的山转到了不孤独的山。

"遗草"与"名花"成工对，也有隐隐的叹息：林逋林先生啊，什么作品都毁掉不留，是真正的隐士风度（许多人假装隐居，其实求文章千古、求皇帝青眼，反倒是借此曲径通幽的名利客），一生何求？比人心还寒凉的山，因为这些声名赫然的花朵而充满暖意。

这是林则徐1842年到镇海检查浙江海防，顺道来放鹤亭等处观赏时题写的。

林则徐，任谁翻案都扳不倒的民族英雄。1839年6月，广东虎门。一个人的血比当时的天气还要热上百倍。面对英国鸦片侵略，他集中销烟，火光整整红了23个昼夜，烧滚了海水，烧炸了天，成千上万的人观看，提振了民族精神，稳住了国家财政。

然而很快，他就莫名其妙获得了类似于当年岳飞"莫须有"的罪名：鸦片战争中，当英军进犯天津海口时，投降派官僚乘机诬陷林则徐，道光帝于1840年以"误国病民，办理不善"的由头，将他革职查办。1841年，又令他降职浙江，随营效力。旋即，道光帝将奕山在广东方面的军事失败，归罪为林则徐"废弛营务"，下令革去他的四品卿衔，贬黜新疆伊犁戍边。第二年，海防吃紧，林则徐重新被调拨浙江，来"救火"。

一辈子，他马不停蹄奔赴各地，水灾旱灾，这难那难，都是危急时刻的委以重任。林则徐的一生，注定是委屈、鞠躬尽瘁、且没有时间休闲的一生，因此忙里偷闲对他来说特别珍贵。他曾在另一副题放鹤亭的楹联中，说"我忆家风负梅鹤"，与岳飞贪看美景、却不得不以国事为重而写下"马蹄催趁月明归"的心情是一样的。

在这里，情境雄壮且略带悲意，显现出林冲夜奔式的大雪漫天：逋老隐得心高，山峦孤得气傲。

> 华表千年，遗蜕可闻玄鹤语；
> 孤山一角，暗香先返玉梅魂。
> ——〔清〕吴廷琛撰　吴丈蜀书

文字本是带有个人性质的陈述，其发散的微光被后来者接住，就有了共鸣和新的启迪。

世界之大，时光之远，林逋君就算在地下，也可听到他养过的仙鹤啼鸣；孤山之小，角落之微，细细清香暗自递送，最先开放的是莹洁的梅花。

又是一联说人，一联说梅，充满对比和映衬：时间的远与近，方位的远与近，大与小，黑与白，鹤与梅……美得清澈，寒得欲仙。联语不疾不徐，联境不空不满，恰到好处。

嘉庆状元吴廷琛到底实力非凡：会试、殿试皆第一，会元、状元集于一身。俞樾老先生曾楹联标榜自家孙子"连番侥幸"，也不过是"县试第一、乡试第二、

　　中状元后，他循例先学习修史，后督学湖北。母亲去世后，他回家丁忧三年，之后返京。正赶上三年一度的京官考核，不出意料地被评为一等，从此转任金华，锐意改革，问民间疾苦，修育婴堂，还带头捐钱。修通济桥，行好事无数。清嘉庆二十年（1815），他由金华知府调任杭州知府，数万民众拦道痛哭，不忍分别。在杭任职的第五个年头上，嘉庆驾崩，道光继位，将他调走，略加休整，很快被委派到云南边陲治乱……

　　其实，他为数不多的轻松日子也是在西子湖畔度过的。

　　吴廷琛在任时勤政为民，白天理案件、政务，晚上缮写奏稿，常常至三鼓方罢，累出一身的病。告老还乡后，仍不忘为国尽力：修苏州城，他捐钱；遇到灾荒年，自发买粮，赈济百姓；国家危难时，敦促儿孙尽忠——鸦片战争刚开始，他便写信给在广东任知县的三儿子："食君禄就应效忠皇上，奋勇杀敌。若能击退敌人，固佳；万一有什么不测，你若胆怯偷生，就不是我的儿子！"其子感奋，无畏英军的汹汹来势，率军民保全了香山县城。

　　有一幕场景，与此何其相似：川人抗日，农民老父抬棺，为儿奔赴战场送行。一代代中国父亲、中国男人，无论身份、年庚、故乡何处，从来一腔热血、精忠报国。

　　古时建有林和靖祠，曾有旧联：

　　　　祠傍水仙王，北宋尚留高士迹；

树成香雪海，西湖重见古时春。

——〔清〕陈若霖撰

联意谓：那时旁边还有水仙王庙（龙君庙），还留有许多北宋时期高雅名士苏东坡、林和靖及僧人惠勤等人的遗迹。和靖先生还种了一山梅，都清朝了，这里还有一山梅，到花开时，满山花朵吐芬芳，势如雪海，就像西湖古代的春天一样。

有种手法叫作就地取材，以寸当尺。此联正是如此。想想每年的"古时春"，孤山都如同一个刚出生的女婴，有着花枝招展的未来，而先贤在侧，切近如斯，就生欢喜心。联内满是怀古之意、追慕之情。

水仙与梅呼应，气息相通。先贤不远，其品高洁，与作者自己的人生追求也相契合。

与林则徐、吴廷琛一样，陈若霖属于清代柱石级人物。梳理杭州历史可以看到，福建人在杭州的比例格外高。他们或是为官，或是做学问，来到此地，很快便喜欢上这里的山山水水。

清嘉庆二十四年（1819），他 60 岁了，结束了 8 年的京官生涯，远至杭州，做浙江巡抚，终于可以放松一下，看看山听听水，兴修了萧山、山阴、会稽三县的水利工程，支持林则徐增高、加固了海塘。政务之外，还顺便捐出部分俸禄，修了福建老家的宗祠，抽空为朋友的诗册题诗，到名胜处提笔书写楹联……日子前所未有地快乐。

本以为可以退休甚至终老此处，但 6 年后，他被调任刑部尚书。

放鹤亭

京官不易,做刑部尚书更不易。从清道光五年(1825)开始,至清道光十年(1830),从67岁到72岁——以如此高龄担任刑部尚书,可见朝廷对陈若霖的倚重程度。他精通法律,断案如神。这个活儿任务重,责任大,干起来累心。从年迈干到更年迈,不是他需要这个岗位,而是这个岗位离不开他。

乾隆年间,曾发生过这样一件事。一村民被他人打伤,告状无门,不久后上吊自杀。他为此逐个审问,加以严查,最终查明实情,为之大受连累而在所不惜。他体恤百姓,刚正不阿,时人称之。后来,福州一带有闽剧《陈若霖斩皇子》上演。事情纯属虚构,百姓感念是真。

连林则徐都特别崇敬陈若霖,在他身后,时任江苏巡抚的林则徐书丹墓志铭,自称是其"门下士",即自称他的学生。末代皇帝溥仪的老师则是他的曾孙陈宝琛。其一门几代,无论品格、学问或能力,都无不令人钦慕。

和靖先生行事清贵勇毅，常人难为。吴廷琛、陈若霖、林则徐先后来到他的"地盘"，钦慕之心自然油然而生——再怎么礼赞声高都不为过。而杭州楹联的撰者之间相互钦慕，各自的一生，清贵勇毅亦如是——甚至还要更清贵勇毅一些。

他们撰写的楹联不仅赞美了山水胜迹，还是他们自己杭州行迹的一部分。似乎每个来到杭州的人，包括屐痕处处的苏东坡，都格外放松和愉快，老了以后回想起来，都不失为一生中的珍贵记忆。

读这样的句子，它改变我们的语气，改变已有的目光，改变微笑的弧度，改变我们的脸、手和每天的生活……里面的清正之气使我们越来越好看。好的东西，其意义在于它本身的美好是个"引子"，启发了其他的、下一轮的美好。

客观上，这里简直成了一个"短期培训班"，一些美好的人，他们饱览祖国大好河山，学习前人优秀品质，吟诗撰联写下"心得"……"充电"后，继续奔赴各自的战场。

他们把时光雕成了花。

林社（林启墓）
——欲宴桃李酬天下

孤山之阴，东北角，放鹤亭右，有林社，抬脚即到。歇山式屋顶，六边形小窗，西式立柱，一座中西合璧的小楼。小楼旁，端坐在石凳上的林启青铜雕像，身穿晚清长袍，手抚石桌，面露微笑，目光慈祥。

> 为我名山留片席；
> 看人宦海渡云帆。
>
> ——〔清〕林启撰

123 年前，四月。西湖边第一所新式技术学校开学，校长林启，任期四年。

清光绪年间，林启以知府出守杭州。

青少年是国家的未来，民族的希望，他深知这个道理，"新官上任三把火"，第一把火烧的，就是教育。林启兴利除弊，致力"拓荒"，毕生费心最大、政绩最大，都在教育上：他一口气创办了求是书院、蚕学馆、养正书塾（分别为浙江大学、浙江理工大学、杭州高级中学和杭州第四中学的前身），开浙江省立大学、职业学校、普通中学之先河。其苦心不言而喻，其艰难也大可悬想。

62 岁卒于任上后，其家人欲运灵柩回福建老家，因杭城百姓恳请，加上这副遗言似的楹联，遂留在孤山安葬。

他仰慕林逋，曾补种百株梅树，以永伴其魂。这副联有愿占孤山一角埋骨孤山、看梦迷人宦海沉浮去去来来的意思，与张苍水当年的意愿差不多。作为洞彻人生的旁观者，会觉得做点扎扎实实的事挺好，那些蝇营狗苟的官场游戏，却虚妄如梦，了无意义。

"计利当计天下利，求名应求万世名"，这也是一副名联，说的就是林启诸公的心声：上联说计算利益，应计算天下人的大利益；下联说求取名声，应求取流传万世的大名声。以公心行大功名之事，以寸地存大公心之名，足够了。

存大公心，以酬天下，至于利益享受——对不起，没想过。他们无比珍惜自己的羽毛，却看轻物质，甚至因此无畏生死——死后虽然再不能知道，但那玉一样的好名声，他们在乎。

相看两不厌，大概只有梅啊山啊，这些不会发声的东西，沉着，包容，不动声色。林公文字简平，不见润色，如乡间穿得大红大绿的女人，骨子里是朴素哲学的大开大合。

> 官余长物，冷树千株，胜地平分高士席；
> 眼底旧都，炊烟万户，苍生来往我公心。
> ——邵章撰

邵章何许人也？他是杭州人，为林启的忘年交、得意门生及得力助手。与林启一样，他对于那些貌似无用而实则有用、长久有大用的事情很感兴趣。

林启治杭 4 年，教育上建树无数。在那些新式学堂建立之初，邵章都得到了林启的重用。

比如，邵章辅佐林启创办蚕学馆后，担任馆正（相当于现在的馆长）；1899 年，林启在大方伯原圆通寺原址建立养正书塾，两年后，书塾改名杭州府中学堂，邵章担任监理（相当于现在的校长）。正是这所学堂中，走出了诗人徐志摩、文学家郁达夫。

杭州城东菜市桥旁有座庵堂叫"沈庵"。1896 年，时年 25 岁的邵章应林启之邀，在沈庵内建了一座东城讲舍。

生命像一条铁轨，可能像远方那么长，也可能就地戛然而止。1900 年，许多大事还在林启腹中运筹，他却溘然长逝。那年冬天，邵章悲痛欲绝，决定为林公做一点事。他联合朋友，以孤山民产四分之厘为社基，倡议建林社设祭，以永志思念；又决心继承遗志，替林公做一点他的未尽之事——他联合红顶商人胡雪岩的侄孙胡藻青，将自己的俸银所余全部捐出，在东城讲舍创建了一间藏书楼。这是中国第一座面向公众开放的藏书楼，吹响了传统藏书楼向公共图书馆转化的号角。

1903 年，邵章等人又将杭州藏书楼扩充改建为浙江藏书楼，即浙江图书馆的前身。这是中国最早建立的省级公共图书馆之一，邵章则是其首任馆长。

作为教育家、藏书家、版本目录学家兼书法家，邵章此联显然代表了杭州百姓对林启的情感：林先生，您为

林社

官留下的东西，有梅树千株，使得杭州这个胜地平分了您与逋老两位高士的居所。您眼中的旧都市，生活着万户千家，劳苦百姓都牵挂在我公的心头。

哪里开始烧书，哪里就可能要杀人；哪里人人读书，哪里就一定燃灯照亮。教育为本，文化为根，那些国家柱石以瘦骨撑住桃李，下自成蹊。

平湖秋月——碧玉盘托白玉盘

向东南行，在白堤和孤山的连接处，背依孤山，面对外湖，有一组建筑沿湖岸排开，这就是"平湖秋月"景区——孤山不大，人文景点密集，走下来不太轻松。可在此暂歇。

白堤像一根扁担，两头挑着"西湖十景"中的两景："断桥残雪"和"平湖秋月"。

南宋时并无固定景址，而以泛舟湖上流览月景为胜。康熙御书题匾后，景点方固定此处——这位爷 6 次南巡，5 次驻跸"平湖秋月"，而当代仲秋，半个杭州城的人都挤在这里赏月……难怪有人萃取其神，造出了一支同名乐曲。

此处波平，一如碧玉盘；仲秋月圆，一如白玉盘。当碧玉盘托白玉盘，世界就成了童话。

月波亭

御书楼右侧，是一座十柱歇山顶大亭，东向临水，扼"平湖秋月"景点南北两门之间通路。也就是说，想要穿过这个景点，必定会途经月波亭。此亭木结构为主，虽然体量宽大，但是无论是从檐瓦、挂落、靠栏等部分来看，都很注重细节的雕琢，拥有非常精致和美观的木雕，人物、景色皆栩栩如生，实为佳作。来往者多看月看水，常忽视了建筑。

有亭联：

> 欲把西湖比西子；
> 更邀明月说明年。
>
> ——〔清〕石治棠集句　宋涛书

眼前好大一片印着月波的湖面，绝色的西子一般秀丽神秘。如此美景良辰，真是不舍啊，不妨邀请明月，明年再见吧。

上联出自东坡《饮湖上初晴后雨》（其二）中的"欲把西湖比西子，淡妆浓抹总相宜"，下联出自东坡《和鲁人孔周翰题诗二首》（其一）中的"更邀明月说明年，记取孤吟孟浩然"。

滚水冒出的白气能分开前后气吗？分不开。这副联就是烧水壶里漫漶而出的白气，句式对应，节律对拍——上下联对仗工整，且上联"西湖""西子"，与下联"明月""明年"，各自形成半同字自对。实在精巧之至。

明明集句，却不像集句，句子紧挨着，气息连着，像站在"平湖秋月"这里望月兴叹的一个人随口说出。写得好，集得也好。

不能不说，在密如走蚁般的苏氏大文中，找出字数、口吻、章法、语意、语境与自己的身份等合适的句子，

平湖秋月

同时也表达出了自己当下的心情，真堪称奇。

作者石治棠在浙江嵊州为官，其间下南乡，再东乡，遍访民间疾苦，除苛政，惩猾吏，列禁积弊，约法十六则，榜诸通衢……一口气为百姓做了许多事。可这么好的人，竟操劳过度，于54岁的年纪上一病而亡。虽然他在嵊不过50余天，几乎是个匆匆过客，当地官场士绅还没来得及与他相交熟络，大概还要疑惑此君为谁。但当地百姓受其深恩，蜂拥为其送葬，哭声不绝几十里。

后来，清光绪年间刊印了一本《四山响应录》，里面的诗、文、楹联全为纪念石治棠而作，是嵊州当地文人章毓才、茹鲁、赵荣恩、商宝慈、郭庆嵩等数十人泣血写成。

或许因为生命的冷暖两极，楹联这种艺术创造就成了石治棠的排遣和自娱方式——撰联的过程，是压力释放的过程，更是生命精华的凝聚。

这副联或许是他上任途中，路过杭州时所作。他夜游西湖，深深沉醉而起礼赞之心，灵感闪现。可惜的是，却不能赴明年这里的赏月之约了。

平湖秋月注定是他54载不长不短人生中的一场必经之梦。

御书楼

御书楼是景区的主楼，为一座二层歇山顶四面厅，二层檐下匾额"平湖秋月"为康熙御笔。

> 佳景四时，最好景光何况月；
> 静观万物，欲平天下有如湖。
> ——〔清〕陶镛撰　言恭达书

一天之内，朝、昼、夕、夜，景色各各不同，然而，月亮的清辉洒向大地的时候，当然是更好的辰光了。静静地观察万物，想要荡涤掉天下所有的不平事，让世界就像这湖水一样，大同如斯。

四时，解释成四季或一天中的四个不同时辰，都可以。在这里，似乎按后者理解与后面行文更搭调。

有点朴素哲学那味了，也有点儒家"修齐治平"的直抒胸臆。能在一副写景的对联中涵盖进这点意思，蛮难的。

此联为嵌字联，从时间、景色起手写月，下联以万物入手写湖，合起来就十分切题，且运用了"碎锦格"的艺术技巧，在上下联中分别嵌入"平、湖、月"3个字，如此贴切自然，欲嵌何曾嵌，不仔细读都觉不出。

据说作者就是《儒林外史》中范进的原型。吴敬梓之所以把他写成范进，是因为古汉语"陶范"一词连用，意指铸造青铜器的陶制模子。"范进"这两个字，是隐指陶镛这样的人竟成了进士。

哪样的人呢？其实还蛮好的——陶镛，绍兴人在东北，一个小小芝麻官，却做得风生水起——不是要官威，而是政声太好了。鉴定报告上用了这样的字眼——"清廉自持，理讼如神，尤能爱士"。调离时，数十名绅商士民联名挽留。他将一双官靴脱下，放置在绥中县城南门门楣上，留作纪念，也以此表示未"刮地皮"，离任未带走一星土。此靴直到"九一八"事变才被毁掉。

陶镛与袁枚是同年进士。一次，两人谈文论诗，当陶镛读到袁枚《扁鹊墓》中的句子"一抔尚起膏肓疾，九死难医嫉妒心"时，泪为之下，因为陶镛有个小妾被夫人吃醋赶走了。可见他是性情中人。

他的另一同学庄有恭说他"貌不逾中人，踽踽廉谨"，可见他长相虽一般，但廉洁勤谨，还有些清高。

在那个时代，太正、太性情、太廉洁、太平等博爱，都不宜为官。后来他被小人诬告"草菅人命"，称病回乡。好在不久之后，被重新启用，来杭州做县长了。那副老去又逢新岁月的喜悦，希图一舒政治抱负的豪迈心情，与联中意境如出一辙。

承香堂

内柱上原有楹联，因改作商业店铺，今已不见。

主楼东西面楹联皆为黄文中撰写。择西侧一副：

<blockquote>
青嶂云横山叠翠；
明湖月锁水平铺。
</blockquote>

——黄文中撰并书

传说西湖中曾涌现金牛。古籍称"汉时，金牛见湖中，人言明圣之瑞，遂称明圣湖"，故西湖又称明湖或金牛湖。另有一个传说，我们择机另外简述。

青峰耸立，祥云缭绕，山叠翠；月色温柔，水如镜，明净安和。湖山秀丽，长夜宁静，正是太平时辰。下联也嵌了"平湖秋月"里的三个字。

写"平湖秋月"，大略离不开湖与月。如何跳出窠臼？作者扯来云彩，又拉过青山，算是破了平铺直叙般的局，让平行的湖面有了一个垂直方向的比照：披着云彩的青山一层层叠上去，被一轮明月锁住的西湖平展展铺开来。

有了上联的映衬，日月光华、山川大地的宇宙感才这么真切，山的硬朗与水的温软也各得其所，有了联系。万物有了联系，才相互依存，才更加和谐、美好起来。

黄文中《西湖杂咏》诗曰："浙西大好湖山在，一个山头住一年。"诗句不是日记，一个山头住一年不可能，但3年时间，寓居疗养，别无他事，吃茶，读诗歌，踏遍湖山佳处，这一点应该做到了，否则，黄文中不可能题联那么多。除此之外，他还为西泠印社、灵隐寺、三潭印月、湖心亭等多处题咏。

那个时候不比现在，没有各种各样的娱乐方式，吸引人的声像物事绝少。他的一个重要消遣就是寄情笔墨——俗世生活虽浑浊不堪，但诗歌让人心提升至一定的境界，而自葆清洁。有了高度，视野也会宽一些。因此，他的作品少浓愁深恨，多淡淡喜悦，胜在辞章工细，表达独特。较之非常之感、之兴、之沮，能将平常所见、所闻、所想写得新鲜饱满，唯美动人，则更加不易。

杭州闲居，人近中年，历经种种，痛的，热的，荒的，寒的，把所有的新鲜激烈都卸下，他特别看重这份人世的平静从容。

有种友谊叫作"看见他就像看见自己"。因为性情相似、志趣相投，黄文中与借住的俞楼主人俞樾往来唱和，为杭州留下太多楹联佳作。长期的职业训练，再加上过人的天分、出色的书法，这些因素叠加在一起，成为不可遏制的创作欲望，并使他们各擅胜场，成为楹联界的一代宗师。

白苏二公祠
——勾留岂止是西湖

　　白堤西端，与孤山岛屿东端的相连之处，是"平湖秋月"；与"平湖秋月"相伴，西行百米开外，风流盖世的，是白苏二公祠。

　　白苏二公祠拒绝富丽，白墙黑瓦，煞是鲜明。

　　白居易和苏东坡曾先后担任杭州"市长"，在兴修水利、尤其是疏浚西湖方面，做出过很大的贡献。清嘉庆年间，应大学士阮元提议，始建此祠。后来多次重建。

　　新建的白苏二公祠分前后两个殿堂，殿内存有 4 块苏东坡手迹的石碑，非常珍贵。

苏公祠英爽颉颃堂

欲共水仙荐秋菊；
长留学士住西湖。

——〔清〕阮元撰并书

　　苏轼生时，林逋已逝。苏轼题《书林逋诗后》写道："不然配食水仙王，一盏寒泉荐秋菊。"意思是，不然就该让林先生的像配水仙王庙（当时在林逋墓侧），向他献上一盏寒泉、一枝秋菊。

阮元化用此意，说想要建造祠堂，供奉菊花，请苏学士长久地留下来，在西湖长住。

在古代文人眼中，秋菊是高标不俗之物。高标之外，苏轼还为西湖山水造美，为杭城百姓谋福，出色地践行了地方官员的职责，有名有望有口福有人爱慕敬仰，当然，前前后后也有颠沛流离……这么说吧，东坡那个人除了没钱，什么都有。

阮元也是。

1764 年出生，22 岁中廪生，23 岁中举人，26 岁中进士……他扶摇直上，经乾隆、嘉庆、道光三朝，历任山东、浙江学政，浙江、江西、河南巡抚，漕运总督，湖广、两广、云贵总督，一直到太子太保、太傅，魂归家山。人生 86 年，大风大浪何止万千，他殚精竭虑，何曾为钱？

清嘉庆五年（1800），阮元上任浙江巡抚后不久，便在清查府库时发现该省贪污、挪用、浪费公款成风，全省财政亏空竟高达白银 400 多万两！

府库亏空案盘根错杂，岗位上的官员已换了几批人，涉案人员有的已被调任外地，有的已被革职，有的已经退休乃至辞世。尽管如此，阮元仍然不畏艰辛，推动案件查处。同时下令严禁各级衙门从地方搜刮掠取，要求现任官员痛改前非、崇俭黜奢，将节省下来的费用按月上交。经过阮元的大力整顿，各州县亏空款项逐步得以弥补。

同年，金华等多地爆发水灾，一些地方官员因怕被问责而瞒报灾情，阮元却实事求是，将受灾实情及时禀报朝廷，为灾民争取到 40 万石赈粮。为避免胥吏里长相互勾结，营私舞弊，他令人将赈粮的发放时间、户名、数量等信息一一张榜公示，并亲赴受灾地区巡视，确保赈粮发放到位。

清嘉庆十年（1805），浙西因连日大雨爆发水灾，阮元紧急组织人手向灾民赈济银米，广设粥厂。他以"尽一份心即贫民多受一分之益"的理念，督促赈灾人员全力以赴，还为赈济灾民的米粥拟定了一条质量标准——"立箸不倒、裹巾不渗"，即筷子插上不会倒，毛巾裹着不渗水。他每日乘着小船，到各个粥厂询民疾苦，与灾民同食米粥，只为保证赈粮"颗粒皆归民腹，不使稍有侵蚀"。

抚浙 10 年，是战斗的 10 年。

情绪的延伸，内里的深情，以及亲近、景仰、效仿学习之心，都在为偶像造祠堂这个心愿里了。

白公祠居易乐天堂

但使人家有遗爱；
曾将诗句结风流。

——〔清〕阮元集句并书

白公"三年闲闷在余杭"，曾仁爱后世，也曾写有众多诗词，将杭州的翩翩风采集结成束：《春题湖上》《钱塘湖春行》等代表性诗作，都是赞美西湖的名篇。临走时，他曾遗句"一半勾留是此湖"——勾留住他的，岂止是西湖呢？"望海楼明照曙霞，护江堤白蹋晴沙"，

白苏二公祠

"山名天竺堆青黛"，"云水埋藏恩德洞"，还有"松风碎助潮声急，竹露零添涧水流"，都是他不忍回眸、挥之不去的记忆，也是杭州受用不尽的财富。

上联出自白居易《闻歌妓唱严郎中诗因以绝句寄之》中的"但使人家有遗爱，就中苏小感恩多"，下联出自白居易《微之到通州日，授馆未安，见尘壁间有数行字……怀旧感今，因酬长句》中的"十五年前似梦游，曾将诗句结风流"。

在古代，"风流"一词多为褒义。风流才子，指富有才学、洒脱不拘的人。"是真名士自风流"，并非说是真名士就到处拈花惹草不正经。

流水对法是比较难的，难就难在它得上下联接着说一件事，流畅，又得工稳。

用彼时祠堂主人对不同的两个事物的感受，来说自己对祠堂主人在杭州这段时期的感受，将白公带给这座城市的好处都隐在联语内。巧取原作，依韵赋联，取之于人用之于人，读上去好像原作者一气呵成的，又像集句者面对场景有感而发的。

这个"遗爱"里，应该包括这件事：取石留念。离杭前，白公将自己大部分官俸留在杭州官库，以作公家应急之用，只带走了天竺山的两片石头留作纪念。

这个"遗爱"里，还应该包括这件事：茶隐避寿。阮元从浙江巡抚任上开始，每年到生辰这一天，他都举家外出，到山间竹林等远离尘世之处，煮泉读碑，以此闭门谢客，不受旁人一缣一烛之贺。

百姓期望长留西湖的，还是那些造福乡里、廉洁奉公的官员。你诗写得再好，但鱼肉乡里，或做尽其他坏事，也只会给你铸个铁像，让你给好人跪个地老天荒。书法很好的秦桧就是活生生的例子。

三潭印月——仙景百里小窗收

走白堤穿苏堤，看湖中岛屿三潭印月、湖心亭和阮公墩，堤坝和岛屿都是由历年疏浚西湖挖出的淤泥堆砌而成，合称"湖中三岛"，犹如我国古代传说中的"蓬莱三岛"。

"三潭印月"，"西湖十景"之一，同名的小岛又名"小瀛洲"，其实是三岛中最大的岛。其环形堤中有放生池，池中有更小的小岛，岛上又有桥与东南西北方向的环堤相连，整体恰如一个"田"字，进而形成了"湖中有岛，岛中有湖"的奇景。

岛南湖面上，有明万历年间所建的 3 座葫芦型小石塔，系仿北宋苏轼浚湖时所立三塔而重建。石塔中空有圆孔，在水中间，如同山石间打出的深洞，浓缩了百里美景，藏在里面。很想乘着一列风的火车穿过去看看——仿佛不是去看月，而是去看 900 年前的大宋朝。

当年，仲秋时节皓月当空，塔内点上蜡烛，月光、烛光和湖光相辉映，照得人间成梦幻。

一上东北角埠头，临湖但见小瀛洲堂。清代风格的歇山顶建筑，木构五开间，四面环廊，草木寂静，几乎可以感到气流小虫般的轻微颤抖。

小瀛洲堂

岛中有岛，湖外有湖，通以卅折画桥，览沿堤老柳，十顷荷花，食莼菜香，如此园林，四洲游遍未尝见；

霸业销烟，禅心止水，阅尽千年陈迹，当朝晖暮霭，春煦秋阴，饮山水渌，坐忘人世，万方同慨更何之。

——〔清〕康有为撰　萧娴书

上联说，三潭印月湖中有岛，岛中有湖，有曲曲折折、雕饰华丽的小桥，沿堤杨柳依依，荷花成片，还有清香美味的莼菜……这样的园林，游遍四大洲也没见到过；

下联说，想要成就的大事业消散了，心如寂定的止水，也看遍了各种历史旧迹，不妨欣赏一年四季的美景，无论东西南北，大家一起慨叹，忘掉人世间的林林总总，除此还有什么要求呢?

若论句工，还属下联。一、二分句，四、五分句分别自对，手法娴熟。

上联托"岛中"二字起兴，说桥说堤，到赞园林，起承转合如在一句，视野渐开，心思渐露;下联顺"霸业"二字生发，说从前道眼前，结在看开语上，见大襟怀，铺陈有海雨天风纵横捭阖之势，取材不拘一格，举轻若重，着实为联家大手笔。

上联沉稳写实，下联婉转表心，皆因触景生情，是有嚼头的。作者的口吻似乎是要去教堂参加婚礼，肃穆而沉静，其复杂多思，正是千帆即过，斜晖万朵，豪气渐灰而尚存一息的时刻。

行变法大事、历杀头大险，兴得火爆，败得彻底，也算人生多舛。待尘埃落定，想清楚了色与空的关系，就平心静气，活在当下，欣赏欣赏美景，把那些事都忘了吧。

字里行间洋溢着一股长气，鹑衣百结，雄浑朴茂，如同迅疾的溜冰，表露出愉快。然而又不是纯粹、完全的愉快，说"坐忘人世"，就像有些孩子，母亲离世多年，外界不再看到他哭泣，其实笑容下面，他内心的雨一直没有干过——深埋心底，不再那么外露了而已。

那种自己和自己杠上的矛盾，怎么会不成为一道永远的阴影呢？想当年轰轰烈烈，作为改良派的首领，因顺民心而一呼百应，发动"公车上书"，与梁启超领导"戊戌变法"……19 世纪末，谁不知道中国有个"康圣人"？"海水沸腾，耳中梦中，炮声隆隆。凡百君子，岂能无沦胥非类之悲乎？""苍萌亿亿，皆草木也，待雷而拆，于以荣华，于以参天，彼得之变力，雷力也哉？宜其坼而荣华而参天。"康氏这样的句子的确也振聋发聩。他的本事配得上他的自负。

然而败人品的事情也有一些：攀附高官翁同龢；每次进京都给各级京官写信讨钱——若有人给他 12 两白银，他就称其为"大贤"，给他 4 两、8 两，他就称其为"大君子"；老来妻妾一大把……或许，到底他的攀附缺少一种真正的官痞恶臭，他的艳情缺乏一种真正的文人风流。康、梁与谭嗣同乃至秋瑾、陈天华等到底有着质的差别。现实主义者善于妥协，理想主义者不留后路，当一个理想主义者变成现实主义者，保不准他会在某些瞬间看自己很悲哀。

君子？小人？人性太复杂，不能下定论，他自己内心冲突不冲突不好猜测，至少，在这副楹联里，看出他没能实现自己的治国理想，仓皇逃亡，去国远游，黯然自弃——那种好赖事都想忘掉的心情，大概是知荣知耻的。

四敞亭

如前番所讲，"三潭印月"景形似一个"田"字，四敞亭正位于此字中央，柳堤和九曲桥相交的十字路口，因此又称"中央亭"。

四敞亭四面环联，古联有三。亭北面，上挂匾额"北畅"，两边楹联题为：

> 三面湖光，四围山色；
> 一帘松翠，十里荷香。
> ——〔清〕张沄卿撰　孙盛年书

作者张沄卿，清咸丰年间的进士，来自云南大理，曾督学两浙。国不可一日无君，省不可一日无学政（相当于现在的教育厅厅长），他在浙江学政的任上，做了许多势在必行的工作。作为文教官员，他自身的文化修养也很高，视察、监督学校工作期间，饱览杭州风光，题撰名胜。

这一日，他来到湖心三岛，站在四敞亭中，举目四望，见周围湖光潋潋，远处松山起伏，湖山相映，青翠相接，轻闻荷香，不由浩叹：西湖真是中国式风景的柱石之作啊！而不滞于物，不困于心，不乱于人，沉溺美景，这样的幸福是真幸福、大幸福。他陶然于此，一副妙联应运而生。

句子清俊，如生嚼莲藕。作者没提荷景如何美，而花之曼妙、景之清奇已在读者的想象里——三、四、一、十，把那些好东西拎出来，单摆浮搁，博物馆展现一样，你去看去想，慢慢咂摸，也就成了。

闲放台

传是彭玉麟故居的一部分，现辟为旅游商品营业场所和茶座。内有三副楹联，选一：

大地少闲人，谁能作风月佳宾、湖山贤主；
六桥多胜迹，我爱此荷花世界、鸥鸟家乡。
——〔清〕彭玉麟撰　周而复书

联意谓：真正闲心的人很少，谁能与清风明月作伴，做统领湖光山色的人呢？六桥一带，多有胜迹，我爱这荷花盛开、鸥鸟盘旋的地方。

设问起势，将军气魄，散文格调，娓娓道来，三分句架构稳当，谋篇从容疏朗。而上结大笔，下结旷怀，进得去，又出得来，一宕一收间，真趣横生……一读之下就会喜欢。

其中，"闲"误书作"行"。大抵又是妄改古人一例。"行"，动词；"胜"，形容词——上下联词性不对，"行人"与"闲人"相比，意思也苍白、别扭些——"有时间、有心情品赏湖光山色的人少"，是靠谱的；"行走着的人少而无法做风月的朋友、湖山的主人"，有点别扭。

当然，这个"行"字比"闲"字，用草书写出来更好看，更舒展潇洒。

从意义上来看，就更是有区别："闲人"，有空出来的时间什么都不做，闲人才有闲情，而闲情是一种说不出是什么的情，明明什么都没做，什么苦大仇深或欢欣鼓舞的心情都没有，可就是被那种"空"填得满满，整个人都带上了淡淡的宗教性和哲学性。"行人"则单薄了很多。择字，更多的是减法而不是加法，撰联的人字字斟酌，不知推敲过多少遍，排除了多少照顾不周的字眼，才用了这一个。

联内每一样看上去远离实际生活的东西，又确乎时刻在我们身边：风月，湖山，荷花，鸥鸟。无论是在诗歌中，还是地理知识读物上，看到这些字眼都会心头一暖的。而经过这些事物的洗礼，人们便不可能再忍受野蛮的生活——只为糊口而生活的生活。

海子有个诗句在当代流传很广——"你来人间一趟，你要看看太阳"，跟这副联中的想法差不多——你来到珍贵的人间，挺不容易的，长大后谋生也不易，忙忙碌碌。但无论如何，要多接触接触大自然，看看美好的东西，与人一见就愉快的东西为伴，过一点值得过的生活。就算身体戴着镣铐，心灵也要插上翅膀。

文学语言是一切僵化语言的敌人。在这里，我们看到，这位大笔杆子努力做着词句上的革新——"谁能"还罢了，"我爱"这类的用法，在古楹联中没见过。他用楹联这种独有的、概括性极强的文字，用隐喻来调动读者的想象力，并与他自己达到最大的感受认同。

心灵是可以相通的，诗联属语言的意外，但不超出心灵。

湖心亭——好向湖心斟翠色

湖心亭，亭为岛名，岛为亭名，面积小于三潭印月，略大于阮公墩，是形成最早的小岛。在宋、元时，曾有湖心寺，渐渐倾圮不存。明代建振鹭亭，后改亭额为"清喜阁"，是湖心亭的前身。到清雍正年间，亭外皆水，水外皆山，而湖心亭居全湖的中心，所以得"湖心平眺"美称，入选了"西湖十八景"。

岛上的中心建筑为湖心亭，重檐歇山顶，上覆黄色琉璃瓦，金碧辉煌。若深秋晨昏，日将落、灯未开时，隔着两米多高的深雾望去，影影绰绰，真如海市蜃楼。

张岱湖心亭看雪，应该就是在这里了。

湖心亭

中央宛在；
一半勾留。

——〔清〕蒋芗泉集句

这副楹联如今没有题刻在湖心亭。或许因为它"空"；或许因为联想到"音容宛在"，觉得不吉；"勾留"呢，是不是字眼不够端庄？

两码事。古来许多字词的外延都缩小了，而古人学问、心胸、见识，在我们想象之外。

作者蒋益澧，字芗泉，自幼豪荡不羁，客游四方。洪秀全起义后，他参加了湘军，隶属名将罗泽南部下，因勇猛过人而被提拔，此后跟随左右，直到罗后来战死。

湘军元老之中，曾国藩与胡林翼素来对他不满，只有左宗棠对他报以青眼，待之极厚。此后，他跟定了左宗棠，东突西奔，追讨太平军，战功无数。后来，蒋益澧被委任为浙江巡抚。

在此期间，他"增书院膏火，建经生讲舍，设义学，兴善堂，百废具举。东南诸省善后之政，以浙江为最"。后调任广东巡抚时，日本觊觎台湾。因手边无可用之人，忽然想起蒋的忠勇，清廷召他进京，可是，还没来得及任命要职，带兵退敌，他竟一病不起，抱憾而终。

这个联，大抵可以断定是他在浙江任上所作。"中央宛在"，出自《诗经·蒹葭》："溯流从之，宛在水中央。"蒋芗泉去其"水"字，不言水而水波潋滟，稳切"湖心"。"一半勾留"，则出自白居易《春题湖上》："未能抛得杭州去，一半勾留是此湖。"

两首将水写到美极的诗歌，拣择里面最美两句的字眼，是慧心所在，也是匠心独标。如此一来，置于杭州西湖湖心亭，便再也移易不得了。

集句联切地很难，而此八字，字字有出处，字字切地切题，惜墨如金。

从对仗上来看，也是极工整的。"中央"与"一半"，"在"与"留"自不用多说；而"宛"与"勾"，乍看似乎是形容词对动词，虽亦可对，然短联须字字工稳方好。故可细究一下，"宛"，首义便是弯曲之意；"勾"，其首义亦为弯曲之意。用此二字作借对，整联因此活了、深了。

余味是一件大好处。品咂余味，读者因此参与了二度创作，会更有阅读快感。

中国古典文化，大都贵在写意。比如京剧，"视虚为实，视实为虚"，手挥即雨，手推即门，双旗即车，方布即城；再如书法，特别讲究"留白"，有墨的地方是字，无墨的地方也是字。这一副联字数不多，断句不少，"留白"广大，意蕴万千——数字的运用提振了整副楹联的精神，完具了以一当十之功。

人耿直，文精妙，人、文均被历史严重低估，还有不负责任的历史小说歪曲了其形象。后面我们还会着重介绍一下他。

> 疑是玉人临镜坐；
> 恍从银汉泛槎来。
> ——〔明〕聂心汤撰　钱定一书

说实话，对于湖心三岛，最有品题资格的，除了苏东坡，大概就算聂心汤、杨万里（与南宋诗人杨万里同名）这几位钱塘县令了。

苏东坡不用说了，他当年疏浚西湖，还堆泥成堤做湖心岛，为了划分种植菱角的范围，设立了 3 个小石塔，后来形成了"三潭印月"的奇景。可惜在明朝弘治年间时，

"三潭印月"消失了。

明万历三十五年（1607），钱塘县令聂心汤做了两件事。

第一件：他向浙江水利道（相当于现在的水利厅）请示后，参照苏东坡的方法，组织人力，将湖中的淤泥挖出，环绕小岛四周筑了堤坝，作为放生池，形成了湖中湖的景观，奠定了今天"小瀛洲"的初貌。

第二件：他在原来的湖心寺旧址上，修建了德生堂，选派和尚在此守卫，禁止渔民越界捕鱼，保护西湖生态。

4年过去，明万历三十九年（1611），钱塘县令杨万里接过聂心汤的接力棒，继续筑外部堤坝，并修缮了德生堂，同时扩建为寺。另外，在岛外重建三座小石塔，恢复"三潭印月"。

就这样，消失百年后，"三潭印月"又重现西湖了。

三座石塔仿照苏轼所建的石塔形状，设计精巧，分为基座、塔身、宝盖、小亭、塔顶等，各部分叠加组合而成。球形塔身中空，有5个小孔。月圆之夜，在塔身里面点上蜡烛，洞口糊上纸张，酷似月亮。天上月、塔中月、水中月，三月如杯，对应着小瀛洲、湖心亭、阮公墩，三岛如杯，斟取西湖中央的翠色粼粼，又或银汉迢迢，广寒袅袅，湖平似镜，而湖心亭亭亭玉立，揽镜自照……她好美，美得真像是从天上星河里泛舟而来的仙子啊！

对此绝美之境，人便不酒自醉。如果眼前景致是自己参与创造的呢？那么这份愉快是不是应该要加倍？

这位对治理西湖、尤其是扩大美化湖心岛功莫大焉的聂先生作此联时，显然心情大好。

除了云淡风轻的佳作，据说此地原有一副沉甸甸的古联：

四季笙歌，尚有穷民悲夜月；
六桥花柳，浑无隙地种桑麻。

——〔明〕胡来朝撰

联意谓：（执政者）一年四季，歌舞升平，可还有贫苦的百姓在夜月里悲伤不已；看这六桥的花柳栽种得满满当当，再也没有空出来的土地种植桑麻了。

这个说法源于南宋刘克庄的一首诗："诗人安得有青衫，今岁和戎百万缣。从此西湖休插柳，剩栽桑树养吴蚕。"大意是，自己连布衫都穿不起了，南宋投降派却不顾国力衰微，百姓困顿，百万缣轻轻巧巧地就被金国夺取。斯文扫地倒是小事，让国家和民族蒙受耻辱，才是诗人内心最大的痛处。诗人还有积蓄和薪水，可是那些贫苦的百姓生活将如何维持？

这副联一反其他楹联倾心赞美西湖的笔法，对当朝的讽刺与对百姓的同情跃然纸上。

作者胡来朝，一生都是块硬骨头，无论在延安、在杭州，都是干法院、检察院的活儿，直到后来，做到都察院右佥都御史，主要职责是评议官员。至此，他没能再突破晋升天花板，却常以天下为己任。一次，万历皇帝想在沈阳以外拓展领土，胡来朝觉得劳民伤财，不利国计民生，上疏极力谏止，使万历帝十分恼火。胡来朝在忧国忧民的怨愤中，旧疾复发，竟因此亡故。

作者为官的当儿，恰处在文官们都很有骨气、老是提意见和建议，而万历帝又很有脾气、坚决不听的这么一对矛盾之下，实在难以调和。

这副楹联比前人诗句还要直接得多，犀利得多。立意高，寓意阔，有思想深度，技巧上也运用巧妙，蹊径独辟，实在难得。

"虫二"碑（背面）

非原物，但古色古香：

水天一色；
风月无边。

——佚名集句

繁体的"风""月"二字，各自去除外框，取其近似字，意即"风月无边"。用来形容风光美好宜人，或一种由外部环境引起的非常舒适的感觉。

其实，与上联中的"水天"不同，"风月"二字说起来十分笼统，让人想到许多言不尽意之处，既可以想到一些现实之物，如春风月色、杨柳桃花、断桥、长桥，也可以想到一些现实之上之物，如春风月色的澄澈安宁，杨柳桃花的和悦妩媚，断桥的情意绵绵，长桥的凄婉动人……味在咸酸之外，所谓"象外之象""景外之景"。

"象外之象"和"景外之景"之美源于时空错综的盘曲回环之美、形神交合的驰骋想象之美、似隐似显的平和冲淡之美。三种美感交相融，亦交相成，构成这副联虚实相生的美感效果。比起通篇花鸟、满纸烟霞，更有一番留白的韵外之致在。

　　上联出自唐代王勃《滕王阁序》中的"秋水共长天
一色"。下联有个传说：话说当年乾隆南巡时，夜游西
湖，到湖心亭，龙心大悦。有位善于逢迎也善于抓机会
的方丈听后，急忙上前求匾。乾隆思忖片刻，写下二字。
方丈功成，西湖一景妙手偶得。

　　泰山也有一方"虫二"摩崖石刻，传说与上面类似。
不过，后来的书写者是光绪年间的刘廷桂，泰山所在地
的地方官。然而要说清朝官员着意效仿前朝皇帝的题字，

湖心亭"虫二"石

也不太可能——这罪名是要杀头的，他有几颗脑袋？

清代褚人获的著作《坚瓠集》里面援引《葵轩琐记》说："（唐伯虎）题妓湘英家扁云'风月无边'。见者皆赞美。祝枝山见之曰：'此嘲汝辈为虫二也。'"大意是，唐伯虎替妓女湘英家题写匾牌"风月无边"，见到的人都赞美，只有祝枝山说"他这是嘲讽你们是'虫二'"。有人解释说，古人说第一、第二为一、二，又称老虎为大虫。唐伯虎自夸是第一，骂别人是第二。

褚人获是康熙年间人物，《葵轩琐记》是明代著作，都在乾隆之前，似可证明乾隆并非"风月无边"的原作者。

其实，"虫二"两字本无意义，况且"虫"字上面还有一撇呢，严格说来，意思也不是很通，是个不很高明的哑谜而已。但经文人雅士的不断演绎，渐渐精彩。

版本各有不同，真假即是历史。"风月无边"与"虫二"互为谜面、谜底的转化，才是真正的"风月无边"，尽显中国汉字的博大精深。

阮公墩——天真不凿荫后人

　　阮公墩北依孤山，南眺三潭印月，西望苏堤，东临湖心亭。该岛是清嘉庆五年（1800）浙江巡抚阮元主持疏浚西湖后，以浚湖淤泥堆积而成，后人呼作"阮公墩"。

　　因其泥软地低，常为湖水浸漫，所以，又俗称"阮滩"。阮公墩成岛后，种香樟、枫杨、丹桂、紫薇、秀竹、芭蕉、常春藤等，树木丰茂，层层叠叠而天真不凿，远望如碧玉环绕，于是形成"阮墩环碧"——新"西湖十景"中的一处。

　　这座"西湖三岛"中面积最小的岛屿，有点像微缩的原始森林，树多鸟多，泥最软，地势最低，最不宜居。

　　却最堪欣赏。

　　20世纪80年代，岛上曾培客土，矮篱围出庄园，园内建茅屋竹阁：环碧小筑、云水居。岛边近水处，别设忆芸亭，茅草结顶、棕榈作柱，取追想阮芸台（阮元号芸台）治湖堆岛、留绩西湖之意。建筑皆朴实小巧，轻灵可爱。

云水居

胜地重新，在红藕花中，绿杨荫里；

清游自昔，看长天一色，朗月当空。

——〔清〕阮元撰

联意谓：我旧地重新，还是在红色的荷花中，绿色的杨柳里；以前那个时候，也是清心之旅——看天蓝蓝一色，广阔无边，而明亮的圆月，正高悬在天空的正中央。

清嘉庆四年（1799），江苏人阮元担任浙江巡抚。清嘉庆十二年（1807），又任浙江巡抚。这副联应该就是他再来湖上所写。

两次任期中，阮公修志办学，平定海盗，贡献颇大，杭州人用他的姓命名湖中一景，并非仅仅是他疏浚了一次西湖。到老来，阮公诗书为伴，湖山为娱，绝不过问地方政事，一直以耳聋避俗吏，悠然自得，怡老林泉。

阮元为官50载，官至一品，将有限的资金用于刊刻文化典籍、资助贫困学生、赈灾救济难民、举办救生公益……一生善捐无数，从未置办私家园林。

而一直钟情阮公墩的彭玉麟的杭州居所，至少三易其地。

彭公一生戎马，高处不胜寒，晚年将为官几十年的官俸、养廉银等加起来上百万两的收入全部捐出来，做了军费，之后与阮公一样，也托病隐退，来到杭州。他没有去惊动当地官府，而是直奔俞樾的家。

这两位绝世男人，初次相见，便成莫逆。推杯换盏后，协定以画为租金，彭玉麟住在了俞楼。

后来，他在三潭印月（小瀛洲）建了退省庵。再后来，因特别喜爱阮公墩，打算在这里辟建几间小屋。

于是，他亲自上岛来察看地形地貌。没走几步，发觉岛上泥土特别松软，就拿撑船的竹篙往地上刺，才稍一用力，竹篙便应手栽入土中。这么松软的土质，建房屋是不可能的。他自湖上归来，笑对俞樾道："阮公墩真是'软'公墩哩！"

阮公与彭公，两人都是好官员，也都是书画家和诗联大家，都平生淡泊，都喜欢这一片锦绣山水；不知道他们相识与否，想来应该错过了——毕竟阮公享寿86，1849年他仙去时，彭公才34岁。

两人的名字都与这座小小的湖心岛有关，都功绩至伟，荫庇后人。

所以，哪怕彭公遗憾未能在此胜地筑屋，但可以偶作"清游"，时时亲近早生52年、与自己三观极其相近的前辈阮元的楹联，遥相致意，互通心曲，也算得偿得愿。

有时想，西湖为什么魅力那么大？是因为凡有美景处，必有美人在——先秦说美人，包括男女。人与景，景与景，人与人，事与人……交叉牵绊，形成芜杂之美，嚼美知味，味达几层。极富魅力的景，加上极富魅力的人，等于画龙点睛。

————
第二章

循岸拾珠

曲院风荷——酩酊湖传荷叶杯

　　"曲院风荷"，位于西湖西侧、岳庙前面，如今被辟为湖滨最大的公园。

　　南宋时，这里有座官家酿酒作坊，取水造酒，闻名国内。附近池塘种有荷花。那是一片与酒有关的荷塘。

　　南宋画家马远等品题"西湖十景"时，把"曲院风荷"列为十景之一。清朝康熙皇帝南巡杭州，题写景名时，将旧景移至苏堤的跨虹桥畔。

　　此处五个景区，风景最佳还属"风荷"处：荷叶田田，荷花缤纷，清波照红映碧。清风徐来，荷香远送，人间万物若饮醇醪。枝动叶摇，万千杯盏普天同庆。怎一个"美"字了得。

　　湖山春社，曾被列为清代"西湖十八景"之首，位于竹素园左，是"曲院风荷"的重要景点之一。

湖山春社大门

翠翠红红处处莺莺燕燕；

风风雨雨年年暮暮朝朝。

——佚名撰　齐枝三书

此联即孤山花神庙那一副，移来化用，似无不妥——园内的确翠翠红红处处莺莺燕燕，又谁说花开花落莺歌燕舞不是风风雨雨年年暮暮朝朝？

虽然前面提过，现单独拎出来，说说它与湖山春社的联系——似乎它们结合更为恰切。

清雍正九年（1731），浙江总督李卫一时兴起，在此建湖山神庙，供湖山三神及十二花神等。为了这个主题，他是真上心了，大费周章遍植草木，到花季真的是花山花海。

湖山神庙很有自己的特色，除湖山正神是男性，其他的花神全系女性，而且每个花神身上都有标志，比如正月为梅花，二月为杏花，三月为桃花，等等。

据说这位不怎么识字却对文化人厮抬厮敬、后来还主修了《西湖志》的官员，他存了点小私心——正神是按他自己的像塑造的，而十二花神的形象就是他家的姬妾。

此事真假莫辨，只知道乾隆初年，有人拿这个事参他，一参一个准——"这还了得！"乾隆皇帝一听，自然雷霆震怒，下令将神像全部毁掉改塑。惊惧之下，李卫很快就仙逝，忙不迭地到那边做他的花主去了。

多少有点冤——李卫私心归私心，但他实实在在为人们造了福，人们看了景高兴，这是真的。

论起来，他功大于过，曾为"西湖十八景"的建设立下汗马功劳。围绕竹素园的主题，他不断栽种四时植物，满目翠翠红红，惹来莺莺燕燕。后来，又在花神庙旁辟地为园，凿池置石，构筑亭轩，并仿兰亭曲水流觞，引栖霞桃溪水环绕园内，多了灵秀，而园外荷花密布，久负盛名。算是锦上添花吧，一时集花木之大成，历多年亦不衰。这或为"诸花香处"月洞门名字的由来。

这副联如花开放，其从容端庄，就像举着全世界的美。而类似这样的楹联出现，哪怕作者在漫长的历史流转中，失去了姓名，楹联也像另外加盖的华丽屋顶，满怀怜爱，覆盖着华夏风光。

"诸花香处"月洞门

虚竹幽兰生静气；
和风朗月喻天怀。

——集王羲之《兰亭集序》字

去掉形容词，可见"竹兰静""风月天"。没错，就是这样的环境了。集句之难，难于自撰——

清雅的竹子和幽静吐芬的兰花，可以滋生静谧的心气；和煦的清风与明朗的月亮，可以使人了解发自天性的心怀。

"曲院风荷"东接"六桥烟柳"，西借群山岚影，北以栖霞岭为屏，南以西里湖为镜，花木繁盛，大有揽天下美景于一怀的格局。除了荷花，此处还有相当一部分面积，立竹石为基调，突出幽趣静气。这就是竹素园。

乾隆皇帝曾到竹素园游览，驻足休息时，写下过"纵目湖山景，游心竹素园"的诗句，也可作楹联赏。

园中有个月洞门，名唤"诸花香处"——这名儿起得够虚无的，招人疼爱。

上溯到东晋，当时出现过一个书法史上煌煌大观的事件。

绍兴城西南的兰渚山下，有一座古典园林。相传春秋战国时，越王勾践曾在此种兰，所以人们把这里称作"兰亭"，兰亭里有条小水渠。

东晋永和九年（353）三月三日，1600多年前的那个春天，42位名流在这里集会，举行修禊仪式之后，大家坐在水渠两旁，侍者在水渠上游放上一只酒杯，任凭它顺水慢慢漂流，折回折去地，到谁处打转或停下，谁就得当即赋诗一首，作不出者罚酒一杯。王羲之将大家的诗集起来，挥毫作序，写下了举世闻名的《兰亭集序》，被后人誉为"天下第一行书"。

而在如他所述"有崇山峻岭，茂林修竹；又有清流激湍，映带左右""天朗气清，惠风和畅"的自然风景处，有了一道绝佳的文化风景——与此有关的这篇文章和书法作品，在中国人的心中从此成为重要的文化存在。

自此开始，人们一般都喜爱在修竹、和风等制造的意境里，来修养心性，陶冶情操，到这副楹联出现时，这风气仍如一股清流，汩汩不绝。

岳王庙（岳飞墓）
——天下无人不拜岳

"曲院风荷"位于岳王庙侧，像特特献上的一把花。

这一对自然景观与人文景观的并生，"平湖秋月"与白苏二公祠的相伴，遥遥呼应。这里的芬芳，那里的皎洁，与雄、杰诸公真匹配。

岳王庙始建于南宋，现存建筑为清代康熙年间建造。优秀的古建往往具有非常强烈的精神气质，岳王庙则更是如此——它身上有种老人式的深厚暖意。

岁月流逝，但无论从哪个角度看，岳王庙都还葆有一种处变不惊的稳重——后人毛手毛脚的增删，与它的千年道行相比，又算什么？

正殿重檐歇山顶，四面坡的优美曲线，凌空飞起，如大鸟缓缓展开的翅膀，羽毛在阳光下闪闪发亮，正与檐间所悬"心昭天日"匾相呼应。殿中所祀战将及儿女像等，其雄壮生动如斯，好像此刻即可跟上岳王爷，去南征北战抗金杀敌。墓对面的墓阙下，秦桧及王氏诸人的铁像则永世长跪，愧对岳王。

说到秦桧跪像，不得不提一副楹联：

> 唉！仆本丧心，有贤妻何至若是；
> 啐！妇虽长舌，非老贼不到今朝。

——〔清〕阮元撰

楹联中，一字句极为少见。这是一种用对话形式构成的特殊楹联——开头用一个叹词对一个象声词单独成句，句读鲜明，构成一种特定的情趣。这种句式，在谐趣联中偶或用之。

奸臣夫妇到如此境地，不说狼狈为奸，也算沆瀣一气，其实都不冤枉。有句老话，叫作"妻贤夫祸少"，所以，在拟夫妇对话的这副联中，秦桧如此埋怨："唉！我虽然丧心病狂，你倒是也劝劝我、阻止我啊，却说什么'捉虎易，放虎难'，煽风点火。如果我有贤妻，何至于到这步田地。"老婆王氏也不是盏省油的灯，干脆朝着老公的脑袋啐上了一口唾沫："啐！我也就是个长舌妇罢了，你怎么倒赖上我了？若非你阴损使坏、坏事做绝，我能被你这老贼连累到这个德性吗？！"

上联语气低沉，心情低落，下联语调激昂，心态不平，是一对坏蛋的相互指责，也是寻常夫妻的不睦斗嘴，其活灵活现，让看到的人有喷饭的冲动。内容与形式如此和谐，还叫人激烈地向往——去戳一戳老贼夫妇的脑袋。

你不得不承认，有的作者有这样一种能力，他笔下的那个人物会喘气儿，仿佛就站在你面前。

楹联表达的直接和明朗，以及曲折和婉转，皆有妙处，也不可相互替代，二者不分高下——合适即可，即动人心魄。

质朴自然，新鲜泼辣，热锅炒豆子，这种爽快无比的表达方式真叫人跃跃欲试，也想立刻动手，写一副嬉笑怒骂、快人快语的诗联。

是大英雄慷慨成仁，终古纲常立尺极；
上地湖水芳馨可荐，百年松桧见精忠。

——阮性宜题

英雄配宝地，西湖独一份的风景。

岳飞墓入口处，有座精忠柏亭，亭内陈列着 8 段树干化石，人称"精忠柏"。传说精忠柏原为南宋大理院狱中风波亭畔的一株古柏，岳飞被害后，这株柏树如遭雷击，立即枯萎。但历经数百年风雨，枯柏却僵而不腐，铁石般坚硬，人们就像称呼英雄一样称呼它。它当然没有那么玄幻，是上亿年形成的松柏科古木化石。

陵园内，有一株古桧，此树自根部劈开，分支为二，人称"分尸桧"。传说明代有个名叫马传的郡卒，一天夜里来岳飞墓前拜谒，为表达对秦桧的痛恨，拔刀将陵墓前的一株桧树劈开，中间隔以木板，以示肢解秦桧。第二天，人们看到墓前的桧树一分为二，误以为鬼神所劈，无不拍手叫好。

然而这副联赞颂的是——英雄气盘桓长天，高贵纵横驰骋；松桧树仆在大地，忠诚寸步不移。

在这里，作者没有如惯常的写法，将桧树与秦桧牵扯——树没有罪，有罪的是那个名叫秦桧的人而已。算是一次为一种树木不经意的正名。

作者阮性宜清末从日本铁道学校毕业，回来任沪杭铁路工程师，先是修沪杭铁路，1912 年主持修建杭州第一条新马路——从羊市街到章家桥的"弹石路"，第二年开始大规模修马路。之后，又忙着地形勘测、道路规划、土地标卖等——他把旧旗营当作一片空地，按照先进理念进行设计，开杭州现代城建规划之先河。

此处楹联，所出言辞皆是肺腑语。

人的眼睛就像个有独立性格的人，有自己的喜怒哀乐、喜好与想法，本能地在大堆事物中找出自己喜欢的东西。于是，人的内心由于眼睛而有了一个世界，与外部世界相对应的世界。作者将自己喜爱的大英雄，与自己喜爱的湖水、树木相对应，和盘托出，让好人和好山好水结成亲缘，组成"世界"——这个"世界"壮美如斯，有宇宙般的广阔和谐。它自带背景音乐——贝多芬的第三交响曲。

如同贝多芬将这部大制作送给自己心目中的英雄拿破仑一样，阮性宜也将自己的诚挚赞美送给自己心目中的英雄岳鹏举：

英雄岳鹏举，他欲回天地屈怀抱，就杀身成仁，将古代景仰的崇高品格推到了极致；上好的宝地，湖水将英雄事迹的芬芳荐献，苍苍老树——松树、桧树百年不凋，就像岳飞的精忠报国之心一样，坚定，持久。

青山有幸埋忠骨；
白铁无辜铸佞臣。
——〔南宋〕松江女史徐氏题

跪像背后的墙壁上，写着这副楹联，就像颁奖词与宣判词挂在一起。诵一遍，悲愤和快意一起，从四面八方来——

明宪宗成化十一年（1475），浙江布政使周木重修岳飞墓，并首次用生铁铸造了秦桧夫妇的跪像。年深日久，岁月侵蚀，两具跪像成为烂铁。

38年后，明武宗正德年间，浙江都指挥使李隆用铜铸秦桧、王氏、万俟卨跪像于岳飞墓前，这次，他将三人"反绑"，十分解气。可能这种形象太招人恨了，跪像被捶打得鼻塌耳折、指落臂断。

82年后，明神宗万历年间，也许觉得坏蛋不值得用比较贵重的铜制作，或干脆觉得怎么也是个烂，浙江按察副使范涞转而用铁重铸了秦桧、王氏、万俟卨跪像，并增添了帮凶张俊跪像一具。

第二年，右副都御史王汝训因与王氏同宗，竟指使心腹，偷偷把王氏和张俊的跪像沉入西湖。杭州百姓无比愤怒，强烈要求官府追查，王汝训吓得连夜逃离杭城。盐商马伟出资，进行了补铸。

又过了7年，曾任浙江按察副使的范涞二次来杭，任浙江布政使，看到秦桧等跪像模糊难辨，便捐出自己的工资，重铸4具铁制跪像。

第五次重铸还是万历年间——真是太废铁了！仅仅4年后，铁像又被锤击得不成人形。苏杭织造孙隆用铜重铸4具跪像，用木栅栏围住，以免游人近距离接触，但不久跪像仍被远距离投掷，遍体鳞伤。

再历百余载风云变幻，代际更迭，痛恨奸贼的心没有变——清雍正初年，栖霞岭下百姓结伴而来，铁棍木棒齐"招呼"，王氏跪像铁头落地。8 年后，浙江巡抚李卫上奏朝廷获批，钱塘知县李惺重铸 4 具跪像。

16 年后，乾隆年间，浙江布政使唐模重铸 4 具跪像，也用木栅栏围住。

对付了 55 年，嘉庆年间，浙江巡抚阮元用收缴的外国海盗铁炮，重铸 4 具跪像．

就这样，勉强支撑 63 年，"兵器"也挡不住仇恨的怒火——同治年间，面对面目全非的铁像，浙江布政使蒋益澧无奈进行了第九次重铸。

又是 32 年眨眼即过，光绪年间，清朝摇摇欲坠，铁像身首残弃依旧。诗人张祖翼任浙江布政使，决定再铸跪像。

1979 年，浙江省人民政府重修岳飞墓，并对铁像进行了重铸，秦桧、王氏、万俟卨、张俊——4 具双手反剪的赤身铁像，今天依然稳稳地跪在英雄墓前。

其实，中间还有没能及时记载的小修记录，因为中间还有三人像、五人像的时候。

楹联"青""白"见颜色相映之刺目，"山""铁"见云泥差别之巨，"有幸""无辜"见立场之坚定，"埋忠骨""铸佞臣"见爱憎之分明。这副联读来太舒适太痛快了，以至于完全不必在意格律之类。

作者徐氏，松江（今上海松江）人，生平无考，名亦无考。好可惜。又庆幸——比"佚名"好。

其实，还有一副楹联，因为真诚而流传很广，至今活在人们嘴上，遇到拨乱反正之事，会被拎出来：

正邪自古同冰炭；
毁誉于今判伪真。

——吴迈撰　沙孟海书

上联讲明一个道理：奸与忠自古以来就是冰炭不同器。下联写历史审判了他们：谁毁谁誉，谁伪谁真，判得明明白白。

作者吴迈，职业是律师，他先在南昌司法部门任职，后辞职，自己开律师事务所。按理说，一个自由职业者挣饭吃就可以了，但他不忘国家大义，从1912年开始，就参与收回英租界斗争，往来于宁、沪、杭，赴泰国、印度尼西亚、新加坡及马来西亚宣传抗日救国，直到在飞返香港时被特务暗杀。他曾被中外报纸称为"火镖律师"和"吴大炮"。这样一个人，他若不是耿介不群、疾恶如仇，那就怪了。所以，他写的这副楹联格外铿锵有力。

天底下还有比岳飞更堪称英雄的吗？从第一次铸造铁像，到最后一次，数百年过去了。距离岳飞被害过去了快一千年，游客换了不知多少拨，但他们对奸佞的痛恨却一点没比宋人少，见到跪像还忍不住扇耳光。这足可说明，世世代代的人民爱憎分明。真是应了那句话："群众的眼睛是雪亮的。"

人心是秤，分得清斤两，然而就怕三人成虎的信以为真。所以我们不厌其烦，梳理细节中的真相。

这副楹联刻于岳飞墓前，石栏正面的望柱上，十分醒目。其特点是正反相对之处特别多。上联，"正邪""冰炭"单字自对，单字组词，又是一个双字正反对；下联"毁誉""伪真"同样如此。同时，上联的"古"与下联的"今"，又是一个单字正反对。这样，统共14个字中，有5个正反对，上下联各有自对，又互对，还特别自然，平仄都对……短联能做到如此地步，只能说：牛！

岳飞墓堂皇威武，建于上方，受万人景仰；奸臣像猥琐狼狈，跪在下面，被千古唾骂。墓与像对比，何其强烈——也是一副"正反对"。

风波亭
——《小重山》对《满江红》

风波亭，原是南宋时杭州最高审判机关大理寺狱中的一座亭子。当年，一代名将岳飞及其儿子岳云、部将张宪就是在风波亭内惨遭冤杀。其实，当时保护岳飞一众忠臣名将的声音还是有的，只不过与掌权派相比，声音又虚又小，完全被碾压。

原建筑早已不存，且真实的位置也已无法考证。两千年后，在西湖东北角，古钱塘门附近，依宋代样式风格复建亭与桥，并在亭旁恢复纪念岳飞之女岳银瓶的孝女井（岳飞无女。此井根据民间传说而设置）。瞻仰完岳王庙，再一路步行向东，最后看到风波亭。当你猛地看到它挺立于一片摩登建筑中，古意淋漓，像个从地面忽然升起的奇迹，不知你内心感受将如何？

其意味深长，不次于岳王庙——有点情怀的，谁来杭州，不打听一句"风波亭在哪里"呢？

有汉一人，有宋一人，百世清风关岳并；
奇才绝代，奇冤绝代，千秋毅魄日星悬。
——〔清〕沈衍籦撰　鲍贤伦书

上联将关羽、岳飞并举，赞其忠心耿耿、义贯云天的美名如清风吹拂，百代不衰。下联把才与冤同列，惜岳飞英才绝世，却被陷害，英魂如日月星辰闪耀历史的天空，千秋不灭。

关羽在民间是被当成神的。过年贴在门上的门神，其中一位就是关老爷。他忠勇兼备，有大义。岳飞也是如此，被当时的南宋人民画像张挂，视作守护神。因此联中关岳并称，是对岳飞的极大肯定。

四四七式楹联特别富有节奏，加上品列数字的运用错落有致，所以，这副联念起来很像在唱——像个男高音，高亢激进，还有些悲情。总的来说，是赞歌一曲。

岳飞之所以如此大得民心，是因为他"精忠报国"。他在南宋王朝偏安江左、置千百万人民安危于不顾时，坚决抗击金兵的大举进犯。13年，历经大大小小200多次战斗，他让金军闻风丧胆，节节败退，而收复旧都汴京、即刻迎"二圣"还朝的喜讯，终顶不住一天之内12道金牌的催回。佞臣与昏君缔造了千古奇冤：英雄没有战死沙场，却裹尸京城——就在风波亭，杀戮的现场。

相传，狱卒隗顺不顾身家性命，将岳飞的遗体背负出城，安葬在钱塘门外九曲丛祠的螺蛳壳堆里，并以岳飞常佩的玉环陪葬，上种两棵橘树为标志，墓碑上写"贾恼人墓"四字，于万难中做得大功德一件。那时就有文人写诗评说："赐旗既已识精忠，只合存留作股肱。何事风波亭子上，听谗全不念其功。"

岳飞的《满江红》名满华夏，沉雄其声，其实他还有一曲《小重山》，婉转哀鸣："昨夜寒蛩不住鸣。惊回千里梦，已三更。起来独自绕阶行。人悄悄，帘外月

风波亭

胧明。　　白首为功名。旧山松竹老，阻归程。欲将心事付瑶琴，知音少，弦断有谁听？"当时，主战派将领多人被罢免和杀害，岳飞本人的生命也危在旦夕，《小重山》的苦闷之深不亚于《满江红》的雄心之炽，而低徊情状又与《满江红》的雄壮激昂大不相同，颇可对照诵读，一如细品楹联的对仗之美。

作者沈衍籛，第三字读音为 qí，字典说"义不详"。

眼前二层的普通亭子，八角翘檐向天，高高伸展，神似岳飞刑前绝笔的呐喊："天日昭昭！天日昭昭！"渐细渐无，又像暗自徘徊时的叹息回声："弦断有谁听？有谁听？……"

宝石山——就中长忆烟霞客

从风波亭西望，乃宝石山。

由彼及此，步行过来，千米有余，一杯茶的距离。

公元 1636 年，一个秋日上午，天气晴朗爽洁，然已有寒意，西北风刮得厉害。年届五旬的徐霞客与静闻法师一起，登上了宝石山，俯瞰山水人家，颇多感慨。于是，在日记中备述其详。而今游人来此，都会先想起这位不停奔走、阅读大地的旅行者。

一位不放过任何美好景致的人，他游览杭州的第一站，就是宝石山。

从大格局上说，宝石山与葛岭是天目山脉最东延的龙头；从小格局上看，宝石山、北高峰、南高峰、玉皇山、凤凰山等西湖群山也像一个龙头，龙嘴里含着西湖这颗明珠。离西湖最近的宝石山位于北里湖北岸。

当朝阳的红光洒在山上，小石块仿佛熠熠闪光的宝石，因此得名"宝石山"。"宝石流霞"，作为最经典的名胜之一，荣列新"西湖十景"。保俶塔边有块平地，为眺望西湖绝佳处，由此可见，近处的整条白堤穿过湖面，如玉带系翡翠——水很绿，莲叶依依，好看煞。

保俶塔

传说五代后周年间，吴越国王钱俶被宋太祖赵匡胤召去汴京，其舅吴延爽为他祈福平安而首建此塔。到北宋咸平年间，被尊称为"师叔"的永保和尚双目患疾，募缘10年重修此塔，宝塔遂焕然一新。人们感其精神，便改叫"宝石塔"为"保叔塔"，同时，也依建造的原意呼为"保俶塔"。

保俶塔，塔顶尖，尖如笔，笔写五湖四海；
锦带桥，桥洞圆，圆似镜，镜照万国九州。

如今的保俶塔为民国修葺的样貌，八角形，砖砌结构，六层楼阁式，细长挺秀，上面还有一个用木结构基

保俶塔

座支撑的铁铸塔顶，尖尖的，带有五个铁圈——不计算尖顶的话，塔的高度据估计也达到了40米。塔形清丽，线条华贵，与天空、树枝相映成画。塔身的细腻感加上历史感，久经岁月依旧动人。

古今塔的式样虽则都是弱柳扶风的美人，细品之下还是大有讲究——古塔外部轮廓是微微鼓出的弧形曲线，今塔则变成了近似直线，像是倒"V"字，有点失去了醇厚古朴的佛塔味道。

西湖最不缺的是桥。锦带桥与断桥，从模样看，两座桥好像是孪生姊妹，相隔不远，由一道白堤接续。锦带桥位于白堤西端，过桥即是孤山。桥为单孔石拱桥，两侧金刚墙砌筑条石。桥如其名，似锦带般纤丽秀美，深入到湖水中央，沟通里外湖。小船咿呀过桥洞，瞬间由万顷碧波转入藕花深处，那奇幻的景象惊鸿一瞥，让人走到哪里都忘不了。

日落黄昏，湖水安静的时候，从旁边望过去，桥洞与倒影组合，挺像一条卧鱼，合成八卦图首尾衔接的圆。阳光泻下来，一面"圆镜"照天照地，澄澈如梦。

这是一副著名的顶针联，句句顶针。顶针联又叫连珠对。塔，尖，笔；桥，圆，镜。上下联各三处，顶针连珠，字头咬字尾，起势低，生发疾，层层递进，振起有力度，看来舒适，读来悦耳。

古人咬文嚼字起来，真是可爱之至。

楹联出自一个传说。

明代时，有一天，杭州知府与徐渭比赛作楹联。文人做不了独断专行官员的主，还做不了自己才华的主吗？徐渭微微一笑，并不以为意。

两人来到西湖边。知府想要朝死里难为一下才子，早就冥思苦想多日。一见保俶塔，他就高声喊出上联。

顶针格的要求特别高，难的是顶针，更难的是顶针自然。这要是一般人，也就真的接不上来，要夹着尾巴逃掉了。可是知府忘了，对手是徐渭啊，待徐渭徐徐吟出下联，活画出锦带桥的精神，知府反倒只有讪讪赔笑的份儿啦！

平心而论，出得巧妙，对得工整，那不具名的知府、传说里的徐渭，此番不经意的合作倒是天造地设，如同长在西湖上似的，默契妥帖。

若论玩文字游戏，没几个人能玩得过徐渭的。保俶塔、锦带桥，这副联好像游戏，这个故事也好像游戏。

塔顶尖尖，桥洞圆圆，当年都经了徐霞客的眼。那一年，他登过宝石山，饱览风光，便沿南坡下行 5 里，到岳王坟，接行 10 里，依次游历了飞来峰、灵隐寺、上天竺、中天竺、下天竺……其实，如果有兴趣，大可踏着霞客足迹，也从宝石山出发，来一次意味深长的杭州之旅。

葛岭——抱朴不染槛外境

　　葛岭在宝石山的西侧，海拔不足 200 米，与宝石山的分界线没那么鲜明。葛岭海拔又较低，所以大可两山一起游览。"哥儿俩"联手，做成西湖北面的一架大屏风。

　　1700 多年前，晋朝一个叫葛洪的道士，在这座海拔很低，低到勉强可以叫作山的山上炼丹修道，从而有了一座道院。南宋时，道院曾被宰相贾似道据为别墅，元代毁于兵火，明清至今多次重修重建。如今仅存南侧的抱朴庐遗址。

　　如今的抱朴道院也算形致宏伟，错落有致，尤其是屋檐上的风铎，很见古意，设计用心了。

抱扑道院山门

点缀名山，有勾漏丹砂着色；
登临绝顶，看扶桑旭日东来。

——王家治撰并书

　　道士炼丹，将矿物弄到一起，火炉一烧，常产生化学反应，将自己也惊得目瞪口呆。无意中，会合成一些颜料。葛洪较早炼出颜料，所以后人称其为"染匠鼻祖"——简直是中国最早一代的化学家。

葛岭山岩呈暗红色，作者巧妙地将山色与葛洪的一桩旧事联系了起来——

葛洪晚年的时候，听说交趾郡（今越南河内一带）生产丹砂（即朱砂，是炼丹的主要材料），就要求去做勾漏县令。到了广州后，不料被刺史邓岳留住，继而修道罗浮山，并老死在那里，交趾郡的勾漏县当然也没有去成。

道士以炼丹为主，就算专门为了炼丹而要求调动，还是不能如愿，这不免使这位炼丹大师失望至极。可能他的向往之心太切，以致遗憾太大，让后人牢记着这件事。

上联说，这座名山真漂亮，漫山红遍——是勾漏县的朱砂做点缀，给葛岭涂上了艳丽的色彩。

下联说，我登上山顶，看日出东方，景色实在壮阔！

扶桑，是《山海经》中记载的一种树木，传说太阳从它下面升起。

联语由面到点，又由点到面，从葛岭的山岩写到初阳台看日出的奇景，点明此山观景的妙处。巧妙的用笔，非常符合楹联之用——须十分贴切，挪用到其他地方不合适，才算作真正的好联。

作者王家治结合葛洪身世、神话传说，写从初阳台看到的景色：滚滚红日，浮升在长天之间，冲破云雾，放出万道霞光，染红了整座山脉，画了一幅油画。

王家治是钱塘本地人，身世无考，题联众多，文辞博敏，比较亮眼。

道院是一道门槛，隔开滚滚红尘与清凉幽境——只是，院内反是"槛外"，院外红尘却属"槛内"——迷惑的人们迈不开步，被名缰利锁生生困住了。

牛皋墓

将军气节高千古；
震世英风伴鄂王。

——〔明〕徐渭撰

沿抱朴道院西行，在老虎洞与栖霞洞之间的紫云洞旁，一片竹林掩映着牛皋墓。

牛皋将军气节高尚，千古不灭，他的盖世英气常伴其统帅岳飞的左右，与生前一样。

意思不难理解，写法并无出奇。联语没有提纯人物个性，没有概述人物事迹，以"将军气节""伴鄂王"的具体情况看，奉敬给与岳飞同时殉难的张宪可能更合适。其句式随意，对仗也不工，但因气势在，整体上反而给人一言不苟、如骨如崖的感觉。

当年，杀害岳飞后，绍兴十七年（1147），秦桧密令都统制田师中以宴请各路大将为名，偷偷备下毒酒，将牛皋害死。

牛皋早年生活在汝州鲁山（今河南鲁山）的深山老

林里，以打柴卖柴为生，与老母和妻儿相依为命。

未加入岳家军时，他已组织民众在平顶山一带多次阻击金兵。后来奔赴临安，被赵构划拨给岳飞指挥。

牛皋一直担任岳家军的副帅，率部所向披靡，直抵黄河沿岸，在攻打许昌、汴京的多次战斗中立下了汗马功劳。

作为岳家军的一员悍将，来自中原大地的牛皋，却折戟沉沙，埋骨于烟雨江南。所谓命运，谁能掌控？

最早，牛皋墓不在此处，此为后建。顺着墓前环山步道可一路穿越栖霞岭，至岳庙——主帅岳飞的墓地和祭奠处。冥冥之中真的有天意吗？千年之后，曾经的兄弟依然为他守护一方通道。

我们在前面讲到宝石山楹联时见到过徐渭的作品，跟这里的感觉还是有点不一样。大凡作品写得多的，往往有自己的风格，而风格一旦形成，那就不管写什么内容，都可以体现出来。当然，人有喜怒哀乐，情境不同，笔法也不同，阅历、修养、乃至年龄的增加，都会影响到艺术上的变化。

一个作者在楹联写作上表现出多种风格，不但是允许的，也是可能的。就像楷书大家颜真卿，到愤怒至极时，也有《祭侄文稿》那样的杰出行书作品，迥异于自己的楷书风格。像徐渭这样的楹联大家，有许多其他类型的品题，风格同中有异，异中有同，不离根本，如对比细读，可得颇多趣味。

作者与楹联的主角，两个人死后的哀荣（牛皋获封隆重，徐渭大得盛名），反而衬出了他们生前为人时的悲哀。

迎仙亭

神仙事业三生诀；
襟带江湖一望中。

——〔清〕翁绶琪题

沿石阶缓缓登山，满目都是大树和流水，树又老又美，水在雨后尤其欢快，树影或明或暗，在其中穿梭，有如走入时间深处。

走不到百米之遥，可见路中央有座快活的大凉亭，四柱单檐，两层八角，八角都有向上的延长线，仙气逼人，好像下一刻就要临风飞走一般，人称"迎仙亭"，而匾额上书"又入佳境"，实在一语中的——语义双关，既指景色，亦指修道。

所以作者说到此修炼，可获得成仙的秘诀；葛岭如襟似带，屏障江湖，西湖景色尽收眼底。

他抛弃熟语，着手成春，点景、增意、添雅、导游……让这副楹联熠熠生辉。貌似言语随意，却尽含杯中沧海之感。

作者翁绶琪，生于清光绪年间，江苏苏州人。历任广西梧州、平安等多地知府。其实，他属于那种地地道道的文人，颠连辗转，官没做上去，学问倒是日益精进。

他一生酷爱并精通金石书画，其中卓有成就的是绘画。他笔下山水古意荟郁，所画蔬果新鲜淋漓。另外，朝廷大员、书法家翁同龢对他的山水画激赏有加，以至于因为自己没有子嗣，加上吴门同宗的关系，认了翁绶琪为侄孙。当然，在翁绶琪这方面，或许有《红楼梦》里刘姥姥续豪门王家同宗、以图借力的那点意思，但更多的是翁同龢对他真正的器重和垂爱。

面对湖光山色，才子不免一叹，感受到某种山水画的辽阔形式——空间感。这种空间感让人发现听觉是有限的，视觉是有限的，这个世界远比听觉、视觉要大得多。

翁绶琪有个儿子，也是画家，与民国一段著名情事有关——世人都知王赓、徐志摩与陆小曼的爱恨情仇，却不知还有一个男人，爱护、陪伴陆小曼度过了后来的几十年。此人就是翁画家的儿子翁瑞午。

其实，父子二人一向善良而温和，为人厚道，行事简单，文雅，谦逊，"一根筋"，都适合更纯粹的生活方式，像这副联说的，修修"神仙事业"，望望"襟带江湖"，远离外面的政事、情事等一应杂事，将花缀帽，有酒盈樽，专心笔墨功夫，可能更自在愉快。

宝灿亭

虽说不过一个小小的歇脚亭，但如果错过亦是一大憾事。因为柱上刻有楹联 6 副，副副精到。作者都是清末杭州名士，都创作于 1915 年。这是不多见的。

> 孤影对邀林处士；
> 半闲坐论宋平章。
> ——〔清〕来裕恂撰　高邕之书

古时道士多兼着岐黄圣手、堪舆大师等多个"职称"。葛洪选此山开井炼丹，自有道家选宫观时对于"洞天福地"的讲究。

至于入道，纯粹是道士的个人体验，道家的求成仙求万物真理，与佛家求成佛成菩萨、儒家求成圣成贤没有什么分别的，都是人家的终极追求。不必拔高、也不必贬低它，尊重即可。

林逋，林处士，北宋大隐。其恬淡之风，倒真有几分道家修仙的味道。他常年隐居在与葛岭隔水相望的孤山，以梅为妻，以鹤为子，尽显高洁。

宋平章，指的是南宋贾似道，在理宗时曾任太师、平章军国事等要职。

贾似道饶有战功，和平时期曾据抱朴道院为己有，并修宅建院，自称"半闲老人"。他曾说，人最难的是得闲，只有神仙能得全闲，为人最多得半闲，我的宅子就叫"半闲堂"吧。

值得玩味的是，在元人编的《宋史》中，他被列入了"奸臣传"，有人说他为宋续命数十载，也有人说他是亡宋第一奸佞。

至今葛仙殿的东侧有红梅阁、抱朴庐和半闲堂，十分精巧，为典型的南方庭院式建筑。红梅阁内有木刻画廊，其中有戏曲《红梅阁》的故事，说的是贾似道强抢民女李慧娘为妾，后来游湖之际，慧娘赞偶遇的裴生"美哉少年郎"，贾怨而杀李。

一个是闲云野鹤、誉满天下；一个是位极人臣、谤誉满身。这两位不同时空、不同经历、早已作古的人物，同处一副楹联中，很有意思。岁月太晚，日落西山，爱恨情仇、名利权钱、谁是君来谁是臣、谁是谁非……万事万物抹平，什么临安雨、汴梁风，都隐去无踪，而孤山葛岭遥遥相对，就像这两个人的围棋手谈。

作者说得含蓄，语气上如满月在天而并不明亮，温柔怜悯，看风景淡远默然。

来裕恂为杭州萧山人，若非腹有诗书百千卷，又特别熟悉故乡风物，焉能手到擒来便是联？"孤影"指自己的清高，又及梅影与孤山之影，有与前贤认知己的含义在；"半闲"指自己的状况，又指代奸相之别墅，隐"白头宫女在，闲坐说玄宗"的昨是今非之叹。不虚美，不隐恶，一派史家风范。

枕漱亭摩崖题刻

宝灿亭左上方为枕漱亭遗址，有摩崖题刻。亭为民国时建，现已不存，唯崖壁上留有两方题刻。不是楹联，但当楹联看也未尝不可，因其实在较平庸者高妙不少。崖壁上镌有"枕漱亭"三个楷体擘窠大字，而"楹联"亦森森然耸立：

> 父母者有形之天地也；
> 天地者无形之父母也。
>
> ——佚名撰

联意恳切大气，语气严肃深沉。如同大德高僧的当头棒喝。

想想真是那么回事：大家在父母的呵护下长大，父母对我们而言，无异于天地。其爱深，其恩重，是天地派到我们每一个人身边的神，敬神莫若孝父母。高天厚土，跟土在一起，人会很安心。所以，人死后，才要面朝天，入土为安。天地虽然没有像父母一样直接照顾我们，但天上太阳馈赠植物以光芒，地上泥土馈赠植物以滋养。天地慈仁敦厚，给予人类稻、麦、棉等所需种种衣食，是万物的始祖。我们的一生为天地所惠，浑然不觉。这恩情一如父母的生养伟大、无痕。父母与天地，意义相等同。

有人读此"楹联"，马上拨通了父母的电话；有人若有所思，悄悄消了一点骄纵之气。

地理学家、旅行家徐霞客曾说过："高山如父，江河如母。"没有谁，能比一个用脚丈量土地的人，更有资格作这样深情的比喻了。三万多里的长途跋涉，让他深刻理解到天地之博大、天地之仁慈。

是啊，天地生万物以养人，是天地的慈爱；人无一物可报天地，是人的自省。父母与孩子的关系大抵如此。

这副联在形式上也很有特色——字词都简单，且循环着用，而简单重复制造出来了的效果，反倒有种震撼的感觉。就像小孩子，不知道怎样表达，只一次次重复，说着某几个字，却比堆砌许多形容词、助词要好得多，慢慢地，将心中所想全都抒发出来了。

这种说了又说的重复，里面埋伏着倔强，以及说不清的什么东西——一定是有什么必须要讲、不说难受的什么，才会引发出如此巨大的抒发之心。

黄龙洞——洞外桃花落复开

沿宝石山、葛岭北行三四百米，即到黄龙洞。

南宋淳祐年间，杭州大旱，宋理宗请来江西黄龙山的慧开禅师作法求雨。一天，忽然雷声大作，山后一石轰然开裂，状如龙嘴，泉水汩汩喷涌不停。人们以为是黄龙随慧开来解救干旱，于是便称此地为"黄龙洞"。南宋以来，这里作为西湖上五大祀龙点之一而享有盛名，如今被冠以"黄龙吐翠"，名列"新西湖十景"。

沿小路而上，可见一个山洞，洞壑宽敞，常有雾气弥漫，故称"卧云洞"。可以想象，古人在洞中修行，一心汇聚天地之间的精华之气，其心之专之诚，实为动人之景。

如今这里有了一个相亲角，促成姻缘无数，而洞外桃花落了又开，像缘去缘来，无休无止。

月老祠

愿天下有情人，都成了眷属；
是前生注定事，莫错过姻缘。

——佚名集句　郭仲选书

上联出自王实甫的《西厢记》："愿普天下有情的都成了眷属。"意谓祝福天下有情之人都能结成伴侣。下联化用高明《琵琶记》中的句子："说道姻缘前世已曾定，今日里共欢庆。"谓姻缘前定，切莫错过。

念上去人人都懂，背地里又暗藏玄机，文而不文，俗而不俗。当两个小核桃在手里，盘着玩玩，联中的两句话马上就记在脑中了。

这两出戏都是昆曲，那迷离艳腻的唱词和唱腔，恍如死亡前的盛宴。没错，不是有人说婚姻是爱情的坟墓吗？从某种角度看，似乎也没什么错。

《西厢记》中，与心上人——落魄才子张生成了眷属的崔莺莺，最后还是被心上人抛弃。结局为这个名句增添了谶语般的性质，但虽然被说了数百年，却还是让人们忍不住一再地重复——因为对美好之物的信赖和渴望。

姻缘作为回光返照，是爱情的高光时刻。

《琵琶记》是个结局差不多的故事，也是穷秀才中状元后，与丞相之女结婚，忘记了糟糠之妻赵五娘。

纵然如此，人们还是憧憬遇到真爱，愿意当下相爱的人成眷属，不错过。

月老是虚拟人物，是中国的爱神。老人手里有根红绳，只要将它朝男女腕上一系，他们的姻缘就跑不了——这绳与罗马神话里的丘比特之箭可有一比。两位神仙都不是情爱中人，却掌管情爱，令人顿生生命深不可测的感觉，从而对爱情和人生都多了珍重。

上联是祝愿，下联是嘱托。既是神仙的角度，又更像我们身边某个慈祥的老人家将半世经验教训的总结，说与儿孙晚辈听。唯一性，是爱情斩钉截铁的要求，差不多也是女人们吃亏受伤的地方。要做这样的、唯一的"眷属"，才值得祝愿，才不容错过。

戏 台

休嫌戏台天地小，个中悲欢离合皆是幻景；
允称天地戏台大，所有贱贵穷通莫非真缘。

——旧联 蒋北耿书

说人生如戏，戏如人生，就到了这座戏台。

戏台坐南朝北，单檐歇山顶，两边被风雨淋透又被阳光曝晒的朱红柱子上，这副对联长长悬挂，配上金色楷体的"同结禧缘"横批，和常年不变的大幅荷花图布景，显出一副坦诚相见的赤诚和喜气洋洋的气氛。

能在这么精致文雅的戏台上演出，该是一种享受吧，能在这么美的地方看戏，想必也同样难忘。

黄龙洞还真是与众不同！吴侬软语的剧种似乎与戏台的风格更相匹配。如今，这里例行的越剧表演每天上下午各有一场，平时每场三四个折子戏，节假日演出完整的越剧大戏。剧目特别突出一个"缘"字，像《梁山伯与祝英台》《唐伯虎点秋香》《追鱼》《情探》《碧玉簪》……悲欢离合都是缘。

人走人留，各有分定。有些人偶然出现在你的生命里，陪你度过一段快乐的时光，然后他离开，于是你的人生就有了一小段美好的回忆，即使以后道路上布满风雪，

黄龙洞

你也依然可以想到曾经的记忆，你会带着记忆，热情地行走下去。

说起来，人都是在自己的苦难中度过一生，谁的人生都不会是绝对的一帆风顺。大概这世上，人人都觉得自己的经历都能写成一本书或一出戏。

能留存下来的古楹联大都有一个共同的特点，就是与许多人的人生经验达成共鸣，看到楹联，就觉得他真会说啊，说的就是我想说说不出来的。

悲欢离合是团聚、别离等种种情境；贱贵穷通是逆境、顺境等人生际遇。戏台上的表演都是幻景；真实际遇中却蕴含着真缘。这副联中，含着彻骨的悲哀，隐隐地也有透心的甜蜜——世上哪有什么桃花源？所谓酸甜苦辣，都是人生。时光冲走你，你没法向它报复。虽然被时光冲走，你却可在这之前尽情享受。亦喜亦悲，所谓人生。

联语述说的人生大哲理，如澎湃大浪般打人脸，给人以醍醐灌顶之感。

玉泉——晴水千年仍是绿

玉泉在如今植物园北门里面，从黄龙洞过来，不过两三站的距离。

玉泉是个神奇的所在。

其神奇首先体现在鱼上——里面有几种颜色的鱼，红、金、白色的大都是龙凤锦鲤、白金锦鲤，正常大小。黑的是青鱼，至少有百余条，入眼皆为"大胖子"，最长的有 1.5 米左右，百十多斤的样子。官方数据表明，最重的有 150 多斤。一般苗条的人还比不过它们。

自宋代开始，玉泉池中开始放养大鱼。这样罕见可爱的鱼，岂有不投喂之理？所以，玉泉鱼成了一城人的宠物。

玉泉的神奇还体现在它的水——相传在南齐建国以前，就有昙超和尚在玉泉开山筑庵，但无水源。偶遇神人，神人抚掌而泉水汩汩涌出，因此玉泉又名抚掌泉。泉水莹莹碧绿，如晴水翡翠，煞是好看，水质远在江南诸泉之上。

鱼有化机参活泼；

人无俗虑悟禅心。

——盛和颐题

题玉泉如不说鱼，不说水的清澈，或会亏心。

作者先看到了鱼的活泼，及其所体现的禅意：鱼啊，你看它们多有灵性啊，鱼行水中，畅通无碍，如同悟道一般。人呢，将俗虑统统抛开，内心澄澈如水，也就可得禅机，得宁静。

鱼，本来在佛家就常被用来喻示超越世间、自由达观的修行者，甚至道、佛都先后用木鱼来作为法器，用途之一就是警示修行者昼夜不忘修行。佛家以雌雄一对鱼象征解脱的境地，又象征着复苏、永生、再生——鱼眼象征佛眼，而鱼眼常开，如佛时时刻刻照顾众生，永不舍离。

说起来，作者不算厉害，他爹厉害——晚清首富盛宣怀是当时最大的官商，中国近代商业之父，官做到了邮传部尚书（从一品），是邮传部的最高领导。邮传部相当于今天的铁道部、交通部、电信部、邮政部合在一起的一个大部门。

盛宣怀先后娶过3房正室，生有8儿8女，除了两个早逝外，剩下的后来都成了上海十里洋场的风云人物。早逝的两个中，就包括次子盛和颐。

盛和颐生来体弱，被过继给他的二叔做儿子。出生在这样的大家庭，自幼看到的都是是是非非，尔虞我诈，其精彩程度不亚于一场多幕剧。或许出于这个原因，其罕见的存世诗联中，总多少带点看透世相的意思。

他的性格显然与兄弟姐妹不同——他们大都喜爱热闹，声色犬马，盛家"金山"被挖空之后，最后大都潦倒不堪，结局凄凉：或被别人追债，东躲西藏如丧家之犬；或重病缠身，一点点受尽折磨。他没有等到那样的结局，一生大体平静，至少在物质上一直没有短缺过，或许也算幸事。

基因的力量不容小觑——盛和颐的生母30多岁离世，他自己则还没活到成年，史书上连只言片语的痕迹都没留下。不过，他小小年纪文采已然不俗，且佛缘深厚，一如老翁心态。从这副楹联中即可一窥究竟。

> 桃花红压玻璃水；
> 萍藻深藏翡翠鱼。
>
> ——〔明〕董其昌题

同样见水写鱼，年长少年盛和颐300多岁的董其昌反而想得很少，就是纯欣赏美景，欣悦于水的通透、鱼的嬉戏，以及桃花、水草的美丽：桃花落在水面上，红粉粉的，水清清的，如同玻璃一样，闪闪发亮。当代有一首歌曲，第一句就是"清清的花溪水……"旋律明快动听，歌者嗓音清亮。而水面浮萍圆圆，水下水藻长长，摇摇曳曳的，里面藏着鱼儿的身影，鱼儿碧绿洁净，就像翡翠一样。

联内提到的颜色皆层次繁复，自成格局，而美得慷慨，堕之欲碎。玻璃、翡翠，这两个词的底色都是活泼的。玻璃，透明耀眼，是一场红雨后的漫天甜香；翡翠，鲜亮温润，是千里莺啼中的第一把雀舌。"玻璃"与"翡翠"互不相让，庶几可闻相撞的清脆之声。世间美的东西都予人以危险之感。

桃花红，萍藻绿，玻璃水，翡翠鱼……专心看下去，会迷醉，不知今夕何夕。

玉泉的源头虽说现已消失，但仍似有活水补给一样清澈。旧日此处有寺院，所以泉池里有七级小石塔。寺院虽毁，石塔却留了下来。日光照耀下，群鱼清晰可见，它们绕石塔嬉戏，一动一静，波光粼粼，有种低声细语般的撩动。

"寺古碑残不记年，池清景媚且留连"，与董其昌同时代的大才子王世贞，曾写下这样类似诗联的诗句，相互印证着玉泉水美。

文艺作品的思想性与艺术性有时并不同步。同样，人的德行好坏有时也与作品品质的好坏关系不大。董其昌是个大才子，同时也是个大恶霸，一辈子欺男霸女，其恶劣行径不可尽数。人性复杂，难以一言蔽之，反过来说，他有真性情，诗书画无不精妙，沉醉于享受生活，因此面对玉泉，欢喜如孩童，发真率语，也就不足为奇了。

断桥——烟雨桃花一把伞

如作西湖东、南一侧的徒步游，可从断桥始，缓缓而行。

断桥，西湖最著名的桥，也许是世界最著名的桥之一。传说中，美艳娇娘白娘子与内向的书生许仙就相遇在这里。行行复行行，烟雨桃花，共撑一把伞——未婚男女肩并肩共撑一把伞，相伴过桥又坐船，大概是古代中国人心目中令人脸红心跳浪漫的极限啦！听听这个故事的开头，断桥就已经美到窒息。不像如今，男女接触得自由而无拘，浪漫却少了。

一说是：起自"平湖秋月"的白堤至此而断，所以叫断桥。唐代就已经有了这个桥。一说为：元代因桥畔住着一对以酿酒为生的段姓夫妇，故又称为段家桥。这段路因为这些传说，美得好像没有尽头一样。

断桥有三座亭，大的是憩息娱乐地，小的是御碑亭，里面立着康熙皇帝的"断桥残雪"御字碑。作为民间故事《白蛇传》的起源地，恐怕西湖老的新的风景中，再没有哪个如断桥这样名扬海内外了。

"藻思天成"廊

断桥桥不断；
残雪雪未残。

——旧联 陈进书

"断桥残雪"是西湖难得的景观。"西湖之胜，晴湖不如雨湖，雨湖不如月湖，月湖不如雪湖。"雪湖就看"断桥残雪"。

"断桥残雪"有几种解释。较通行的说法是，每每大雪初霁，登宝石山南瞰，白堤长如链，日出映照，断桥向阳的桥面这一边，由于积雪融化，露出一痕褐色的桥面。残雪似银，冻湖如墨，形成奇景。

桥是实实在在的劳动的产物，将水面变成路面，部分地征服了河流、湖泊甚至海洋（我们如今见识了跨海大桥）。然而桥这种事物又被多思的中国人加入了许多神秘主义色彩，与爱、死等重大的生命主题有了关联，甚至藉此发出或回答了一点诸如"人从哪里来""人到哪里去"的疑问和困惑。比如牛郎织女一年一度相会"鹊桥"，人往生要跨过一座"奈何桥"，现实中人们有时将桥造得弯弯曲曲，比如豫园的"九曲十八桥"，人们过年走一走，为了祈福来年一切都顺利。一座断桥，简单直白，既演绎了一场泼天爱恋，也美得如同断章。

雪是眼神一样的事物，明澈，安静，正与桥这种事物相谐和。桥也是如此：与水比邻，如如不动，都是明澈和安静的代言。

而雪这种东西一旦下下来，就重塑了事物——像民间艺人从古至今都在遵循的"雕者不塑，塑者不雕"

断桥残雪

一样，雕刻是个"减"的活儿，塑造则是个"加"的活儿。手艺人的塑造是加木加土，或外表施彩；雪这个天地的重塑者，它的塑造却是加雪，外表施的彩是唯一的白色。本来棱角分明的断桥，被包裹上雪片，一层层覆盖，最后各个部分都包上了圆角：人世的锐利、对抗都不见了，只有这个完全不同以往的小桥，如温馨圆满结局的童话，降落人间；可恶的法海老和尚不见了，那白雪一样的白娘子，她与自己的爱人当然就永远地幸福生活下去了。

大雪下来，覆盖了桥面，而桥未断，雪未残，桥上面出现过的人物，人们脑海中浮现过的人物，此刻都不见。联意老实讲述，通俗又不通俗，静气满满。

在楹联创作中，分律诗、词、曲、散文、民歌、戏文、成语、绕口、谜面和骈文十种格调。这副联短短的，类似于散文与绕口格调的混合体，而又有嵌字、叠字、顶针等多重修辞手法的混合运用，艺术性蛮强。

所以，很多失去作者姓名的名联，经过时间的大浪淘沙，留下来，其生命力的顽强程度叫人咋舌，不是没有原因的。

望湖楼——颠倒坡仙曾坐卧

　　自断桥起，沿孤山路朝东北方向步行，走几分钟，五六百米，猛不丁抬眼，可以看见北山街与保俶路交叉口那儿，矗立着这么一座楼，古香樟环绕，青瓦屋面，朱色单檐双层歇山顶——歇山顶是古代很隆重的建构方式——看上去高峻凝重，宏丽古雅，正中三个大字金光闪闪的。

　　这就是望湖楼。

　　望湖楼为吴越国王钱俶始建，宋时移址易名，清末楼圮，1985 年按清代旧式择地重建。

楼前草书石碑

　　黑云翻墨未遮山，白雨跳珠乱入船。
　　卷地风来忽吹散，望湖楼下水如天。

前两句可作楹联赏读：

　　黑云翻墨未遮山；
　　白雨跳珠乱入船。

（你看啊，）乌压压的黑云压过来了，如同砚台里的墨，翻腾漫卷，排山倒海，不断翻滚，就快要遮住山峰。

（雨下得也太快了吧？仰着脑袋看天空云彩变化，还没回过神，）白亮亮的大雨点落了下来，零零星星，看它们乱蹦乱跳，如同大个儿的珍珠，落入船内。

无论诗或联，首句大多立片言以居要，如全军之帅，少了它就不能统意。这里的"黑云翻墨"气势雄浑，有压城欲摧的感觉，与后面"白雨跳珠"的跳脱形成鲜明的对比。

颜色上，"黑""白"分明；动作上，"翻""跳"活泼；物体上，"墨""珠"可爱；远景是"未遮山"，近景是"乱入船"。大才就是大才，非常人可及，东坡一支椽笔，搅动陆上水中、天上地下，铺排奇景如是。

这是望湖楼上的角度。

东坡第一次来杭时，西湖正以眼睛看得见的速度缩小，水面杂草壅塞了十之二三。他再来时，已经遮蔽了一半。为此，他十分难过。

他开始着手实施一项宏大的计划。

北宋元祐五年（1090）四月，苏轼在奏折中请求朝廷赐给度牒一百道。朝廷准其所奏。于是苏轼用这一百道度牒卖了一万七千贯钱，再加上赈灾剩余的钱米，最终解决了疏浚西湖的经费问题。

朝廷批准了这项工程。于是他劲头十足，组织民工，耗时 4 个月，疏浚了西湖，还以承包的方式鼓励农民种菱角增加收入。细节也很到位：用三塔作标志，划分出观赏区和种植区。景点"三潭印月"迤逦而成，被誉为"西湖第一胜境"，如今还被印到人民币一元纸币上，流芳处处。

亮点更在于用挖出来的烂泥污，筑成了苏堤。一堤飞跨西湖南北，缩短了里程，极大地方便了百姓——否则，他们从南岸到北岸，要顺着湖边走很远。

望湖楼据说也在这时被修葺一新。在此楼上，东坡醉复醒，醒复醉，提笔直书。有怀乡情浓，更有疏浚西湖之后的快慰。

正面大门

里外湖瑞启金牛，地注渊泉，卅里晴波无限好；
古今月光含玉兔，天开图画，一轮霁魄此间多。
——〔清〕沈阆昆撰

断桥附近，为里外湖的分界。所以，上联前七个字提到这一点。

上联说的是个故事。传说西湖底曾住着一头金牛，旱年就吐水填满湖，涝年就吞下多余的水，百姓非常喜爱它。有一年，县官去挖金牛，金牛吐出大水，冲出了县官和挖牛的人，从此不再出现。因此，西湖也叫金牛湖。

上联整体上说的是水，一眼望去，三十里清亮亮的水，风光无限。

下联说的是月光映湖，明净如洗，景色似图画，为美中之极妙。古往今来，照耀人间的，为独独的那轮明月，在青天上巡游来去，而西湖此间得到的月光比其他地方都要多呢。唐代诗人徐凝说，"天下三分明月夜，二分无赖是扬州"，下联的整个联意大约出自此处。写月光，多少有点突兀。

每联内，第一个分句组阵，第二个分句破阵，做到大局中有细节，如长镜头由远摇近，而有登梯渐高的快感。

作者沈阆昆，浙江湖州德清人，清代藏书家，对藏书可谓到了痴迷的地步。他花大量时间精力，不厌其烦四处搜寻，而每每得到古书，必定亲自校验点注，随后题跋，珍重收藏起来。因此，他收藏的精品图书有数千卷之多。

他好像对月光情有独钟，常有题写，多涉乡愁——自古一样的月光，自古一样地照着天下儿女，只是那小小的家乡院落，却少一个在父母膝前承欢的孩子。在月色明澈的夜里，像沈阆昆一样思乡的人怕是很多吧？如他所题的"三潭印月"：

记故乡亦有仙潭，看一样湖光，添得石桥长九曲；
至此地宜邀明月，问谁家秋思，吹残玉笛到三更。

此联起句不提西湖，却是忆念家乡，望湖对月起乡愁。

其实，这一副倒好像是在望湖楼上看到的景色、想到的事情——面湖临风，高处把酒，"至此地宜邀明月"。

集贤亭——倚莲静坐待霞飞

从望湖楼那里望湖，之后沿湖边一路顺时针行走，路过几个划分开的公园，溜溜达达，两千米不到，就到了集贤亭。集贤亭是西湖的标配，早晚、四季各有不同的味道。若你走湖滨步行街，就能在步行街的南入口看见它，这里是西湖南线、北线的交汇处。

亭子上下两层，层间施平座缠腰，重檐，梁枋下，挂落（花牙子）玲珑剔透，是万字不到头的花纹"卍"——古代的吉祥图案似乎都是这样密集、细长，一眼望去，如同一圈蕾丝花边，又像爬藤植物翻卷的须丝，满满的，又空空的，没有形成遮挡，反而帮助了视线——从这一圈的镂空之处望向蓝天，天空也被绣了花，平添奇异的美感。

清代，从涌金门至钱塘门一带，均为旗营的校阅场。雍正时，浙江总督李卫在涌金门外湖湾处，于水滨中重建射亭聚贤亭，供八旗子弟骑射练武，花柳间刀弓竞响，而鱼鸟不惊，故称"亭湾骑射"，为清代"西湖十八景"之一。可惜 2012 年因罕见大风，亭子倒塌，现亭为当代依样重建。

亭柱上悬挂有两副楹联，一联为今人所作，面朝湖岸。另一联是老联，面向西湖：

水绿山青，座中人醉；
花明柳暗，湖上春长。

——〔清〕彭玉麟撰　俞建华书

联意谓：坐对青山绿水，不禁心醉神迷。花木扶疏，西湖春光长驻。

春无大小，春无分别，春在水在山、在花在柳，春就在人心中。

景中有人，人使景活，联语布局经典，联意浑然大气，出句大雅无痕，对句不可移至他处，白描如清唱，余音绕梁。

字好认，简约易懂，无论老少，都可吟诵得出来。这在文化程度普遍不高的古代是非常有现实意义的，感觉此联比"大中小、人口手"之类的识字读物更值得做识字的辅助教材。

楹联本不是为亭所作。杭州原有一座酒楼，取意于苏东坡那首诗——"水光潋滟晴方好，山色空蒙雨亦奇。欲把西湖比西子，淡妆浓抹总相宜"，故名"两宜酒楼"。在这里，与三五知己谈天，看花明柳暗，水绿山青，果真座中人醉，春长无已，极富古趣。楼为洞天福地，人是神仙无疑了。

当年，作者彭玉麟常到两宜酒楼来做客，应邀写了这副楹联。

在来杭州之前，他的角色有许多：抗击外敌的好大臣，抗击内敌的勇将军，不纳姬妾的好爱人……听上去就好难好累。对得起江山社稷、列祖列宗，就是对不住自己。这一次，他扮演的是他自己：沉浸茶诗画，专职看风景。正如李鸿章送他的楹联中所说：

> 不荣官府，不乐室家，百战功高，此身终以江湖老；
> 无忝史书，无惭庙食，千秋名在，余事犹能诗画传。

中国的亭子是迷人的，也很特别，为中国古典建筑中唯一没有墙的建筑。集贤亭更特别：一廊通向湖中，而与亭相称；地面分六角，删繁就简；非但没有四向的围廊紧贴水边，且连护栏都没有；略高几寸，几乎齐齐地与湖面平行，却给人踏实、安全、极为舒适的感觉。

除了视野无碍，可赏山水花草、春秋佳色，集贤亭还是看湖上日落的最佳地点之一。每每在晴日的傍晚时分，驻足这里的人从来没断过：太阳无底洞般深刻浓烈，又如爆炭，燃烧透彻，借着风势，似乎就要燃成熊熊大火，云霓灿烂，游人安静，或坐或蹲或立，无不为美的程度所震慑。

逆光望去，人群、莲花、红日、彩霞，好一幅大美不言的艺术剪影。

有人炒股，有人攀岩，有人贪污，有人钻营，有人正在亭中看风景。

柳浪闻莺——柳与莺啼共衣衫

游赏了湖东，继续北行。路过大家喂小松鼠的地方，老人们水笔写字的地方，大妈们用越剧做伴奏跳广场舞的地方，路过香樟、水杉，柳浪闻莺就在那里，笑眯眯地等着你呐。

这个以青翠柳色和婉啭莺啼为基调的公园，南宋时是帝王的御花园，清代康熙皇帝题写的"柳浪闻莺"石碑立在园林中。

"柳浪闻莺"御碑已不是原物，现在公园内以原样树碑建亭。

御碑亭

拂地长条，只藏莺鸟春声滑；
翻空翠浪，不起鱼龙夜气腥。
——〔明〕聂大年诗句　刘驾沧书

联意谓：柳丝飘动，垂下来，轻拂着地面，黄莺发出婉转的叫声，清脆水滑，好像藏在春天青翠的柳叶底下；清风吹过，绿色的柳条连起来，波浪一样起伏翻动，深眠水底的鱼龙却不会被惊醒，搅起夜气的腥味。

既然此地是"柳浪闻莺"，那么定然离不开对柳的描述。柳在岸边，鱼龙在水，柳林中鸟儿飞翔。眼前景活泼灵动，叫人看了心情舒畅。

这题材、这景色被写过太多遍，怎样出新？这是个难题。

在这里，按照柳藏莺、浪翻腾的不同情境，去诠释"柳浪闻莺"，描写角度由窄而宽，由静到动。作者如庖丁解牛，顺势而走，笔墨明快而轻松。

作者聂大年是个遗腹子，由母亲胡氏辛苦养大。明宣德十年（1435），经人推荐，他去仁和县（今属杭州）的县学做了训导——级别相当于今天的基层科员。其母因病故去，他洒泪归葬，为母申请旌表。族中长辈和朋友感其母贤子孝，将娘儿俩的事迹层层上报，得皇帝下诏表彰。

后来，他升职为教谕，即县级最高教育部门的长官。他修学舍，整学规，聘名士任教，忙得不亦乐乎。聂大年不光勤政，其清廉也远近闻名——在仁和任上，他没带家眷，妻子一辈子住在老家乡下，到冬天就给他寄棉衣。他写诗感念。

就这样，聂大年在仁和县工作居住了 20 年，对西子湖畔的一草一木都熟悉得不得了，早就由一个江西人扎根成了浙江人。

作为文人，聂大年对风景并不白看，随时随地写诗写词题联，抒发着对第二故乡的热爱。

官职大小其实没什么人记得，而江南一带，到现在仍有他的作品传颂。这不是很好吗？

一生何求？唯亲情、友情与大自然抚慰人心。他早看得通透，因此对权财物质从来没有玩命追求过，避之如避瘟神，但却嚼字为乐，人生平安欢喜。

联中，意象对比鲜明，内涵丰富：柳、莺鸟、鱼龙。柳本为静，却随风而动；鱼龙本动，却夜来而眠。莺鸟鸣啾啾，身子藏在柳叶里，柳条如衣被，覆盖鱼龙安然。三者各自为营，又相互连接，彼此之间都有照拂。如同照片墙上几帧小照，大小不一，错落有致，组合在一起，就够看一阵子的了。

钱王祠——陌上何人诗句老

　　南山路是条神奇的路，不知不觉中，就踏过许多古迹，比如钱王祠。集贤亭南边，千米左右即是。

　　钱王祠最初为纪念吴越国三世五王而建，至今已有900多年历史。

　　另外值得一看的是五王殿后面的两棵结香树，每年二三月开花，纷披烂漫。无端让人想起钱王思念归省的发妻，写诗委婉催她"陌上花开缓缓归"的旧事。

　　整个钱王祠风格杂糅，有种喜忧参半的悲壮，也像钱王那个人，起于微末，终于不朽，一方面称雄一方，一方面又常常离散，既建立了柔软的吴越文化，也在丰富优厚之间充满兵戈收起的伤感。

钱王祠大门

　　捍海筑金堤，鲸浪长恬，累世共钦明德远；
　　射潮驱铁弩，乌号宛在，余风犹想大王雄。

——〔清〕杨叔怿撰

钱王祠

筑堤，锁浪，利农桑，保安全……民众世世代代都会钦敬钱王功德，而传说中的钱王射潮用的弓箭（乌号为一种良弓的名字）还在，让人遥想当年大王的雄风。

楹联整体说的是钱王功绩，赞美他的壮举和英姿，表达自己的追思心情。

五四七句式稳切，最是堂皇正格。意象不多不少，先有"金堤""铁弩"着先鞭，中有"鲸浪""乌号"撑筋骨，最后有"明德远""大王雄"扫天下。所谓凤头豹尾，其气自雄，有向海向天的开阔，余味不绝。正是会作联的架构法。

五代时，钱塘江大潮常常作恶，进犯到罗刹石，海塘屡筑屡塌，钱镠令三千犀甲兵张弓搭箭，迎潮射去，潮退塘成，罗刹石一带成为陆地。

在一派现代风格的建筑中，稳稳立着这座庄重的古建，它的黑色老斗拱们森严而豪迈，大男人一样，相互依傍排列成行，它们所支撑的屋檐也宽大深远，如奇妙的时代交错。院中满目绿意，空中充满愉快的植物香气。

吴越国的出现，好像沿着历史河道，奔流之间，突然拐进了一条支流，和缓，陌生，这才清楚：在北方的大漠厮杀之时，南方还有这么一块洞天福地，独立存在。

作者杨叔怿为"南社五虎"之一。南社是福建诗人集结的一个社团名字，清咸丰年间成立，在地域文学史上留下了鲜明印记。后来苏州也成立过一个南社，为资产阶级革命文化团体，影响更大，与此成员、性质却迥然不同。

同乡好友组成文学社团是文人结社的常态，且往往"非老即少"：要么在大家年少求学、尚未各奔前程之时，要么在大家解组归田、垂垂老矣之际。他们纯粹喜欢写诗，有点像《红楼梦》大观园里那些小姐公子，吃饱了，睡足了，闲着也是闲着，不如选一个主题，分韵赋诗，又风雅又有趣，快哉快哉！

很多人认为，不能为自己带来价值和利益的知识，便是无用的。其实不然——有些东西看上去确实没什么用，但当你不带功利心去获取时，就会发现，生活因此平添了许多快乐。就像闽中南社的诗人们，他们没什么目的，也知道诗歌没别的用处。但这些无用的东西可以让日子变得有趣，客观上使我们更有力量，去面对无聊而漫长的人生。

杨叔怿的诗、联都有流传。他是个深情之人，写过许多追思之作，或悼挽，或品题，或追思故里乡贤、南社文友、亲眷长辈，以及这里的钱王。

五王殿

钱王祠正殿巨大的屋顶，像一座小山，黑色鸱尾在"山顶"闪着威严之光。殿内供奉吴越国三世五王的塑像。

塑像两侧楹联：

> 利在天下者必谋之；
> 利在万世者更谋之。

——钱氏家训

能以天下为己任的人不多见，能以"以天下为己任"为家训的家族，除了江南钱家之外，绝无仅有。

为天下人谋福利，为万世人谋福利，并为这种信念冠以"必""更"。心胸之大、品格之高，不由人不肃然起敬。

字字着力，神完气足，全联平稳厚重，语意与韵律相谐，更增强了责任感。

这副联是一把玉斧，有寒光，但终归是温暖的。将其搁到战场上去也不软，将其变为家内的嘱咐，用于家庭教育亦可，所以又有玉的温润。

西子湖畔，钱家的有名不仅在钱王。这个家族遵循的，是做有利于天下的事情，更要做有利于世代后人的事情。

此联的意义不在工整，而在提醒。

钱镠是五代时吴越国的开国国君，辖今天的江苏、上海、浙江、福建一带。他不仅治国有略，修身治家也十分谨严。他从个人、家庭、社会和国家四个维度出发，为子孙确立了详细的行为准则，自备"起居注"，又两度订立治家"八训""十训"。

钱氏后人秉承祖训，绍续家风，绵延文脉，造就种种传奇。近代以后更是出现人才"井喷"，许多科技巨擘、文坛硕儒、国学大师，都出自这个"千年名门望族、两浙第一世家"。

他们中的不少人，如"中国航天之父""中国导弹之父"钱学森、"中国近代力学之父"钱伟长、"中国原子弹之父"钱三强等均克己为公，为天下人谋福利，为万世人谋福利。他们是无愧于钱氏家训的，也就"怎样做合格的中国人""怎样做合格的人"这个课题，给芸芸众生打了个样儿。

雷峰塔——两则传说志大雅

柳枝拂面，一直沿南山路，顺时针走，不要停。在浙江美术馆附近西拐，过长桥，不太远，著名的"雷峰夕照"就是指的这儿了。

人们对钱俶的评价历来较高。北宋平江南时，他出兵策应，助北宋灭了南唐。太平兴国三年（978），钱俶献上自己管辖的两浙十三州归宋，被封为邓王，助北宋结束藩镇割据的局面。他崇信佛教，毕生造佛塔无数，雷峰塔是其中著名的一座。

清朝前期，雷峰塔以裸露砖砌塔身呈现的残缺美，以及神话传说等，成为"西湖十景"中为人津津乐道的名胜，"雷峰夕照"名播遐迩。

这副名联题在西湖夕照山的雷峰上：

雷峰如老衲；
保俶似美人。

——〔明〕闻子将题

雷峰塔形制浑朴宽仁，就像一位威严老者；保俶塔形制细长温雅，恰似一位窈窕美人。

保俶塔建于北宋初年，原为九级砖木结构。后朝重建时，依然保持着与雷峰塔、六和塔相似的结构，浮雕、圆雕、镂雕、浅刻等，无所不用，处处精微。清代则在保留宋代梁架的基础上，改变了外表，变得细长清秀，可谓典型的"宋建清修"。如果建筑可以开口，那么，北宋的保俶塔应该说：来吧，靠近点，欣赏欣赏我的细节。清代的保俶塔应该说：你，远远地走开，在远处瞅瞅我的好身材就得了。

现在的砖砌实心式样是仿自清代原样。

很多人更喜欢保俶塔现在的模样。原因不详。人的心理非常复杂难懂，揣摩也仅仅是揣摩而已——是不是还与盘桓太久的白娘子的传说有关？"老衲"为老僧、老尼或道士的自称，这个比喻让人想到法海老和尚。"美人"，不用说，在杭州这个地方，如果史上有所特指，让人很容易就想到白娘子。

——对，除了断桥，这又是一个与白娘子有关的地标。传说当年白娘子被法海作法捉住，镇压在雷峰塔的下面，后来，白娘子之子祭塔救母，一家人团聚。雷峰塔英文名为"坠落之塔"，不知是否与这个结局有关？

当然，比起传播更广的白娘子的传说，另一个传说更翔实一些。

雷峰塔初名皇妃塔，建于北宋年间。起因是一桩喜事：当时吴越国王钱俶的皇妃生了儿子，他高兴。因塔在雷峰之上，后人改称雷峰塔。这座中国式"乐高"，层层抑扬顿挫，歌颂着繁华。宋朝的皎洁秀美，宋朝的

雷峰塔

闲处光阴，这座塔都看在眼里。

与断桥相去不远的保俶塔，与断桥、保俶塔遥遥相对的雷峰塔，这两座塔之间有着某种隐秘不宣的联系：白娘子之柔弱纤细，法海之强横高大，也与两塔的形状暗合。仔细咂摸咂摸滋味，觉得与它们的个性也蛮相符呢。

大凡文学作品，谐不伤雅，既雅且谐，格调才算高尚。而好的句子总是特殊的：由浓而淡而浓，由繁而简而繁，层层滋味浇醇厚，层层晕染添内美，叫人品不够、看不透。难怪就算作者寂寂无名，这副简约的楹联还是流传这么广，来来回回可以供人想上许多，也算"字外功夫"了。

净慈寺——霜钟撞破晚云霞

净慈寺在雷峰塔对面，特别近。

亘古不变的农业伦理在五代时期突然被高强度、大面积地打破，出家成为一股"时尚"潮流——农业伦理中，人不可以随随便便离开家，而佛教让这个堂而皇之地得以实现，浩浩荡荡的和尚尼姑拿着皇家颁给的度牒，不用当兵，也不用纳税，到寺庙里修行去也。

于是，寺庙开始遍地开花。吴越国王钱俶建慧日永明院，宋高宗为悼念父亲宋徽宗，扩建为净慈报恩光孝禅寺，增建了五百罗汉堂——据说塑像出自一僧之手，形貌各异，仪态如生。相传，民间故事中的济公和尚还曾参与募化。如今寺院建筑大部分是当代重建。

傍晚时分，云霞飞度，钟声悠长，云霞唱和钟声，钟声撞破云霞，其景如是，见之则喜，不奇怪为什么此处的"南屏晚钟"能激发出那么多的诗与歌。

净慈寺

云间树色千花满；

竹里泉声百道飞。

——〔清〕康熙撰

康、乾两代帝王南巡，必遍访寺院，净慈寺是不容忽视的一站。

清康熙三十八年（1699），康熙帝驾临净慈寺，手书"净慈寺"寺额，以及"西峰"两字——当日住持抓住机会，请下墨宝，以光辉佛法。随后康熙帝兴致不减，又亲撰楹联。于是有了我们现在看到的这一副。

上联写净慈寺周围的景色，云与树与花相互交织，纷繁交错，突出眼之所见的美好。下联主要写听觉：竹林里泉声叮咚，欢快活泼，一道道小溪流像飞起来了一样。

此联有声有色，明亮而开阔。虽然上下联都是写景，却将作者的喜爱之情融入其中，语感亲切愉悦，如微风吹送千花香气，似是故人来。

许多人喜爱宏大叙事，却大都无法满足读者的阅读期待。相反，气魄宏大的康熙不怎么理会宏大题材，而喜欢着眼于大自然中的种种小物，说平常语。大自然真好啊，怪不得人不高兴，一去接近草木湖山，就开心起来，所以，人需要时常接受一下大自然的淘洗，去浊复清。

取材大自然是要有大情怀的。康熙有。

任何人的一生，都不是绝对的坦途，他更不例外，那些抓心挠肝的政事和乱七八糟的宫事，都予人纷扰。好在全国都是他的后花园，他爱看什么就到哪里去看。

这一次，他来到了净慈寺。

题寺院的楹联，贵在和平圆满，最忌套路多多。偏偏这类楹联套路多，不见油滑而最油滑，大都端着架子说禅理。这一联却不同，抛开那一套，纯粹写景，句法灵动而节奏翩然，读来感觉暖洋洋的——真是美好人生啊！

顺着夕照山山道往下走，很快便来到了妙音台。顾名思义，这里可以听到悠扬的晚钟。

"南屏晚钟"碑亭

净慈寺山门东侧，立着"南屏晚钟"碑亭。"晨钟暮鼓"，约定俗成，所以康熙帝南巡时，想当然地手书"南屏晓钟"。后来，请人仿其笔迹改成了"晚"；也有人说，康熙帝回到北京后，补写了一个"晚"字，邮寄过来。为此在寺门外建亭立碑。亭柱上镌有四副楹联。古联云：

> 石上留天语；
> 钟声洗佛心。
>
> ——徐子为题

联意谓：石头上留着天子的题字，钟声洗涤着禅境之心。

上联是静默的，质地坚硬的石头与无声之声的字迹形成呼应。下联是温暖的，由近及远的钟声与柔软的悲悯心意相互作用。而上联与下联之间也有和谐的映衬——天语的垂直而下，佛心的平面舒展；字迹的淋漓，声音的缥缈；自然世界影像声色的撞击，精神世界慈悲为怀的扩大……目之所及，耳之所闻，清洁，庄重，宽仁，和柔，皆与"净慈"二字不违背。

上联写实收紧，下联写实兼务虚，一笔宕开，雅切隽永，不光切景，更切情，将佛门精神摹画无痕。

作者徐子为，是民国时期热心地方事业的一位富商诗人。他藏书甚富，所作诗文格调高古，气势不凡。他曾求学于章太炎，与柳亚子为友，为南社成员。

"南屏晚钟"，"西湖十景"之一——也许是"西湖十景"中问世最早的景目。北宋末，《清明上河图》的作者张择端曾经画过《南屏晚钟图》，时人"截图保存"。

当代有首歌，叫《南屏晚钟》，由费玉清唱来，格外清澈明净。如今他已隐退，再听，一如晚钟不似晓钟，会别有一番滋味在心头。

从某种意义上说，净慈寺就是"南屏晚钟"，没有净慈寺就没有"南屏晚钟"——钟声是净慈寺的钟声啊！两个景点相距几十米，不看看可惜了。

每当晚钟敲响，深沉浑厚，108声钟声在山谷中回鸣，经过开阔的西湖湖面，声播彼岸十里之遥。夕照浑圆，霞色满天，而天地各守其责，天光水色，上下皆浓艳逼人。暮色沉沉，隔水听音，是出家人、在家人共同的幸福时刻。

大雄宝殿

净慈寺的中央主殿为悬山顶，屋顶举折平缓，形制古朴，单层重檐，老斗拱一排排，如同整齐的绳编图案。

外墙四周，有 24 根用整根石条做成的殿柱。民国重修大殿时，寺院邀请江浙一带书法家、社会及佛教界的名流撰写楹联，刻于殿柱，共 24 副。

> 植西土正因，相期震旦有情，我爱休耽牦尾好；
> 揽南屏全胜，应令晋家高士，清游更度虎溪来。
>
> ——〔清〕章炳麟题

"西土"佛教发源地印度。"震旦"为古印度对中国的称谓。"牦尾"出自《法华经》，指牦牛爱尾。"虎溪"相传是晋代慧远法师隐居江西时，居处前的一道小溪，这里指龙井寺辩才法师送苏轼过虎溪桥之事。此联总的意思是说，念佛修禅，湖山揽胜，这样的日子我喜欢。

全联用典天然浑成，不露斧痕，对仗甚工，且心情说透。

章炳麟即章太炎，出生在杭州的一代大儒，民主革命家。他的一生是耿介如松、折腾不止的一生：

他曾应梁启超之邀，去北京主《时务报》笔政。返杭后，成立兴浙会，创办《经世报》，任总撰述，兼上海《实学报》主笔，继续宣传变法。再后来，应张之洞之邀至武昌，拟主持《正学报》，因反清，被逐返沪。

不久，变法失败，遭通缉，流亡台湾，任《台湾日日新报》特约撰述。接着赴日本，结识孙中山。回国后，任上海《亚东时报》撰述，之后遭清廷追捕，再次流亡日本。后来回国，再遭捕。

出狱后，第三次赴日，加入同盟会，任《民报》总编辑。中间与同仁政见不同，多次闹翻：宋教仁被刺后，他大闹总统府，遭软禁，至袁世凯死才获释。再度与孙中山联手后，又产生分歧，脱离国民党，后因痛斥蒋介石，遭通缉。"九一八"事变后，再次奋袂而起，呼吁抗日，他整个身心都搭进去，而浑然不惧。

章炳麟仿佛着了魔道，几十年如一日，把人生过成一种仪式，即便被个人或社会使了绊子，那种仪式感也未曾泯灭过，磕破膝盖，爬起来，又继续做梦，从一个梦想延续到另一个梦想，从不曾意识到生活的荒唐。这种心性的人，就没有什么可以打败他，直到"老迈"这个东西降临。

痴迷政治，笔力雄健，内心郁郁，才大张狂。那样的一个人，一旦向老迈低头，折腾不动，写成的存出世之心的楹联就是这个样子了。

花港观鱼——红鱼唼喋白花影

"西湖十景"中，毗邻"雷峰夕照"的，是"花港观鱼"——一对姊妹花。

南宋时，一条小溪从花家山经过这里，流入西湖。内侍官卢允升在花溪侧畔建了一座茅舍卢园，园内架梁为舍，叠石为山，凿地为池，立埠为港，畜养异色鱼类，广植草木。自此，草木、建筑、人文错金镂彩，成就了"花港观鱼"的胜景。

南侧红鱼池附近，有棵樱花树，高超过 10 米，粗大繁茂。每到落花时节，红鱼唼喋白花、白花的影子，自有一番趣味在。

"花港观鱼"东大门（外侧）

满倾竹叶春光滑；
轻摘蕉花晚霞稀。

——〔元〕仇远诗句 刘江书

这副联出自仇远的《蛇山》诗。联意谓：将淡绿色的美酒斟满杯，看春光骀荡，滑润地倾盆而下；轻轻摘

花港观鱼

下芭蕉花，眼见得硕大红艳的花朵渐渐稀疏，如同此刻天边晚霞的渐渐黯淡。

此联在意象的选取上有种略显伤感的洁净——竹叶对蕉花，春光对晚霞，非但词性相对，事物的性质也相恰；倾倒与摘取，滑润与稀疏，动作和感觉上相反相衬。组合起来，味厚而顺口，读来十分舒服。

说"春光"，在某种意义上说的就是光。春光这个词既具象又抽象，我们常听到"春光无限"这句话，其实包括了春天的方方面面，比如春天的花木、春天的水、春天的天……作者说的"竹叶"，指的是一种浅绿色的酒。里面饱含持杯赏春的惬意，以及对大自然的歌吟与敬惜之心。而芭蕉花的娇艳与晚霞的铺展、芭蕉花的渐萎与晚霞的渐稀，两者的似与不似，在"不写之写"中显露无遗。同时，作者对于美好事物的热爱，与美好事物相通的纯真之情也跃然纸上。

其实，是不是春天并不重要，自然的四季，人生的四季，每一季都有每一季的美。懂得欣赏的人，永远可以在杯中满斟美酒，与天地同庆。

仇远是杭州本地人，活动于宋元之间。他在宋代已有诗名，却一直没有名头。58岁时，元朝让他做儒学教授——比起那些改行写戏、经商种地、自谋生路的，这几乎是读书人最好的结局了。然而当时社会并不重儒生，对他常有怠慢，作为仰人鼻息者，他生活上受些闲气不说，工作上难免也遭责备。于是他被罢归回乡。好在他生性淡泊，心胸宽阔，自称山民，布衣粗食，游历名山大川，倒也不以为意。

他在《书与士瞻上人》诗中写道："末俗由来不贵儒，小夫小妇恣揶揄。来书合问山林隐，绝迹莫登名利途。膝上有孙贫亦乐，门前无债醉如愚。咸平处士真堪羡，死守梅花住里湖。"不求富贵而志在田园，代表了他写诗和诗联的大体基调。

仇远的词写得也很好，却大都与其诗境不相同。词集《无弦琴谱》展现了一个由宋入元的故国遗民的沉挚心曲，尽含亡国之痛、桑梓之悲和隐逸之思。虽然他不喜参与政事，但他骨子里的家国情怀一点也不比前辈辛弃疾、陈亮他们少。

蒋庄（马一浮纪念馆）
——乾坤大处草木青

"花港观鱼"边，滨湖长廊南侧，走不到 1 分钟，就到了一座古典园林——蒋庄。

蒋庄的主体建筑为中西合璧的两层楼房，面阔三间，单檐歇山顶，四周回栏挂落走马廊，一派江南秀气。

蒋庄玲珑，是西湖"四庄（刘庄、郭庄、汪庄、蒋庄）"中最小的一个，以往皆属私家庄园，曾为无锡金石、书画收藏家廉惠卿、吴芝瑛夫妇的隐居之地，旧称"廉庄"。后因经济拮据，被南京富商蒋国榜买下，改建为"兰陔别墅"，以供其母到杭养病小憩时用，俗称"蒋庄"。别墅建成后，蒋母只来住过一次。后来，他邀请老师马一浮在此安度晚年——也算完成了另一种形式的孝亲心愿。再后来，主楼被辟为马一浮纪念馆，对外开放。

当年，这位老者时常散步花港，教导弟子："做人乃一幸事，借彼可知天下之真。"点明做人是件幸运的事。人的这副皮囊是一个载体，可以用它去探索世间真理。他激励天下学子要揭露事物的奥秘，要率先为了人民，要像玉石经受琢磨，像金属经受炼熔，向上向大向博追寻，以便实现"树我邦国，天下来同"——努力振兴祖国，使世界各国人民和谐共处的远大理想。这是何等的心胸与气魄！

如今这里草木森然，松树、香樟、玉兰、翠竹，不一而足，皆葱茏挺拔。远远打望，遍地绿烟。

马一浮纪念馆大厅

任呼茂叔穷禅客；
早判公羊卖饼家。

——马一浮撰

这副对联表明的是自己的专业学术态度。里面提的大师们其实是对自我的"揶揄"。然而自信的人才敢于自嘲，作者立孤独之境，却胸怀洒脱，提持向上，不甘流俗，无所畏惧，将阻力化成了绝佳的自我考验。

那种人人甘为庸人、人人争做小人的社会背景下，的确需要"虽千万人，吾往矣"的大勇气。

北宋周敦颐，字茂叔，理学开山祖。他生前辗转各地做小官，俸禄甚微，却被讽"政事精绝"，误读很多，声名不高。"公羊"即公羊高，据传是个卖饼的，两汉经学由公羊学兴起。对他的学术贡献，大众也是后知后觉。

作者马一浮，曾被视为神童，16岁那年，考上秀才，又娶了妻，春风得意。然而3年后，父亲去世，妻子去世，人生跌入灰暗。虽然与妻子只在一起生活了3年，但他从一而终，直到85岁仙逝，没再与任何女性有所牵连。与林逋差不多，他闭关遁世，但更决绝，几乎毫无娱乐，算是"书妻书子"了。终未旷达是痴人。

马一浮纪念馆

在这件事上，让人想起与之选择相同的彭玉麟，选择有所不同的李叔同。其实，他与李叔同是很好的朋友，于杭州常聚，而李叔同出家前，专门拜访了马一浮，此后马一浮也曾去寺院看望弘一。

纵天差地别、偶有参差，人生也无非薄情、深情与忘情，各各活成同而不同的段子，博后来者一叹。

1902年，他专意向学，苦习英文、拉丁文，次年便被录取为翻译兼秘书，随同中国代表团，赴美国参加第十二届世界博览会。

在日记中，他记下："美国规定，华商参加世博会，必须每个人缴纳500美金。到了会场，就不能出去一步，而且白种人的上等俱乐部一概不准进入。"

他说：这哪里是参展，简直是进牢笼。在圣刘易斯大学，学校以"是否应该分割中国"当作演讲的题目，让学生们争论；戏曲舞台上，中国人也被描绘成无赖。这一切，都让马一浮愤怒又无奈。

短短数月的海外流连，让他对祖国的传统文化有了更深一层的敬意，并立志保护之。于是选取窄门，走上了一条背对众生的读书路——1905 年，在举国西化的浪潮中，他谢绝许以"教育部秘书长""北大教授"等头衔的就职邀请，踞守在西湖边的文澜阁。如你所知，这里有清朝皇家所收藏的完整的《四库全书》。

他借广化寺的旧禅房存身，吃书一样地读书，认为吃饭也浪费时间，就想了个办法，点个小炉子，架上小锅煮豆腐。等到读完一卷书，豆腐也就熟了——这就是他的午餐。他极少离开杭州，全然忘我，埋头于故纸堆中。

如联中所比，当日，追慕前贤的他也曾被时人唤为迂腐不化的"冬烘先生"，但他毫不为意，虽蜗居陋室，却志在乾坤外，敢嫌天地窄，以自觉的君子之行，赓续了一脉中国传统文化。

蒋庄有幸，鸿儒在兹。

牡丹亭——安排诗酒百花猜

蒋庄游罢，沿滨湖长廊一路走 300 米左右，到对面岸上，可闻花香。

观鱼在花港，附近自然少不了花朵，最盛大处建有牡丹园——园林最高处，大红柱子撑起的，是一座重檐八角攒尖顶的牡丹亭，像个与世无争的华丽小国——跟当年的吴越国有点相似。

这里是观赏牡丹的最佳处——亭畔遍植牡丹，也有芍药与杜鹃等，亭前叠石，配植松树和顶着白花的紫藤。花动杭城时节，温暖和煦，各色鲜花簇拥牡丹，青黄相连，花朵高低——开得笑声朗朗，如明艳妃子与侍女们的诗酒嬉戏——好一场花之盛宴。

游客淹没在花海之中，很容易就产生出优柔艳丽的古典心理，想起"云想衣裳花想容"，这是李太白的诗句，想起"恰便似花似人心，向好处牵"，这是昆曲《牡丹亭》"寻梦"一折的曲子。

在牡丹亭上眺望，三面景色各异：东面绿树成林连湖波，南面绵延而接南屏山，北面大草坪绿野开阔，可赏西里湖的波光山影。

晓露轻盈泛紫艳；
朝阳照耀生红光。
——集唐代白居易诗句 诸乐三书

联意谓：早晨的露珠晶莹剔透，花瓣泛着艳丽的紫色，在朝阳的照耀下，映射出迷人的红光。

或许是太满了，又收不住，作者笔下的牡丹花光芒外溢，将身外的一切都打上高光——你就是把那些花朵都收在大木箱子里，其光芒仍然要冲破木头的阻隔，外泄而出，简直发出了呼啸声，正应了一句话："珠蕴椟中，有宝光外熠。"

春夏之交，一场木本植物的喜讯顺时间之河而下，尽显国色天香。

全联辞藻典雅，描述细腻，意象光影闪烁，色泽饱和度高，最足兴感。里面的牡丹花们就像一个个热烈的人，它们的繁华铺张，它们的毫无节制，正是感官世界里调动审美满足的非常元素。

联语出自白居易的诗——《牡丹芳》。

白居易一生波折，他在各处贬所总是大力养花赏花，美化环境，消磨时光，以此淡化官场失意的烦恼。这种花下生活的确给他增添了许多乐趣。

他爱花，也善于写花，尤其中意那些山野之花。其实他写过一首《买花》，传诵甚广，讽喻的是当时的社会现象：京城贵游，奢靡浪费。诗云"一束深色花，十户中人赋"，一束深颜色的牡丹花，就已经抵得上十户中等人家的赋税了。

《牡丹芳》开头的四句是这样的："牡丹芳，牡丹芳，黄金蕊绽红玉房。千片赤英霞烂烂，百枝绛点灯煌煌。照地初开锦绣段，当风不结兰麝囊。仙人琪树白无色，王母桃花小不香。"

结尾照旧是他这类诗的套路，先"美"后"刺"："我愿暂求造化力，减却牡丹妖艳色。少回卿士爱花心，同似吾君忧稼穑。"

其实，花就是花，去除了人的寄托，即回归了本身的美。诗后段讽刺得有多厉害，前面的赞美就有多么美：其红紫摇曳，带露承光，堪称艳绝。

乐水亭——智者何如愚者乐

由牡丹亭起，再顺滨湖长廊蜿蜒南行，过芍药圃，统共六七分钟，乐水亭已在望。

乐水亭位于小南湖畔，边上就是西湖的"注水口"——太子湾的清水注入西湖，与其融为一体。乐水，很洒脱的名字，其由来不知是否对应着"智者乐水，仁者乐山。智者动，仁者静；智者乐，仁者寿"。静坐于此，享受清风美景，果然悠哉乐哉。

这座小亭子三面临水，造型格外简洁，四角翘得非常之高，非常精神，而又古意浓郁。如戏台上的佘太君，有着整齐的白发，头戴朝珠，插包头莲，老迈年高，却依然在阵前威风凛凛。

> 游鱼鸣禽，同吾真乐；
> 高花深柳，及时清欢。
>
> ——〔清〕吴昌硕题

游泳的鱼，鸣叫的鸟，跟我一样，是真正地快乐。长得很高的花，深深掩映的垂柳，是目下及时的清欢。

句脚平仄交替极疏，所以语音非常柔和，少变化，不太合律。但又有什么关系呢？很可能是故意反其道而行之——才华横溢的人，写起东西来特别放得开，有时会表现出心不在焉的糊涂样子。与真不懂的糊里糊涂不一样，与才小的畏畏缩缩也不一样。

如果一个老夫子倒背着手，在鱼鸟花木之间散步，走着走着，随口吟诵这么两句，拖个长腔，尾音甩一甩，真是自然而然，与景偕美。

苏轼曾有诗云："人皆养子望聪明，我被聪明误一生。惟愿孩儿愚且鲁，无灾无难到公卿。"说实话，无忧无虑，与鱼同乐，比起用聪明智慧周旋于尔虞我诈之间，是更幸福的，愚鲁一些，不到公卿也罢。

作者吴昌硕出生于一个大动乱的年代：出生 4 年前鸦片战争爆发；7 岁时，太平天国开始。入邻村私塾没几年，便因战乱逃难，等到 21 岁回乡，一家人就只剩父子俩了。

命运转机在杭州：1869 年、1873 年，先后两次的诂经精舍问学，使他有幸师从俞樾，主攻文字学和辞章学。

他的诗文书画篆刻被俞樾给予了肯定。后来在苏州、上海等地从艺时，他常回杭拜望。恩师于杭州去世，他深情撰挽联：

薄植荷栽培，附公门桃李行，今成松木；
名山藏著作，自中兴将相后，别是传人。

吴昌硕最后埋骨于余杭超山。一代宗师，到底与杭

乐水亭

州结下生生死死的不了缘。

西泠印社曾虚位以待社长一职，足足 10 年，等到 1913 年，他来撑旗领路。任职其间，他常在观乐楼小住，后来这里被设为吴昌硕纪念室。观乐楼上有他的自作联：

印岂无源？读书坐风雨晦明，数布衣曾开浙派；
社何敢长？识字仅鼎彝瓴甋，一耕夫来自田间。

印人们性格都差不多，吴昌硕同样不求闻达，专心绘事，旁涉金石，雕云镂月，以此为乐。他为人谦逊，自谓耕夫，俗人眼中，也算个愚人——他曾以五品顶戴候补县令，代理安东（今江苏涟水）县令之职，但晚清官场诡谲腐败，他哪会曲意逢迎？因无以立足，仅上任一个月，便自刻三方"一月安东令"印章，辞官归去。

吴昌硕在杭州执掌印坛时期，正值西湖扩大而更加秀丽的蝶变时期，实为这位"愚人"的福气。

三台山——青山至老不趋炎

离乐水亭，走杨公堤，再顺着八盘岭路一路向西，信步两千米，便见三台山。

三台山北至乌龟潭，南到虎跑路，地势和缓，并没有多少山景的感觉。

温山软水双重风貌间，有很多人文景观：浴鹄湾、三台梦迹、子久草堂、于谦祠……随着历史的沧桑巨变，多重意味层层叠加，使这座山越发厚重起来。

小径深处的子久草堂，是《富春山居图》的作者黄公望的故居。这样安静的地方，九曲连廊，一路走下来，不会很累，只要你愿意，稍稍一拐，就可以回到繁华闹市。

时间之水一往无前，摧枯拉朽，却总有漏网之鱼（比如文物，比如楹联），昭示过往。正因为这种难以把握之感，对古楹联的寻访之旅才会如此珍贵有趣——时间变幻不可信，我们需要把握机缘。

子久草堂

春泉汩汩流青玉；
晚岫层层障碧云。

——〔元〕黄公望诗句　张虎书

联语为黄公望题郭忠恕《仙峰春色图》的诗中两句。

这是一副题图文字，嘈嘈切切，平仄相谐，说着朋友高超的绘画技巧，也赞大自然不可描摹的生机：

春天的泉水涨涌得厉害，汩汩不断，颜色好看，奔流如青色的美玉。再瞧瞧傍晚的山岫，颜色也是那么好看，一层一层地遮蔽住了绿色的云朵。

一地一天，气势雄浑，大绿大红，美到极致。作者对大事物寄予的深情，带给人莫名的感动，让人想到画卷，甚至博大的交响乐，剁除凡俗媚态，只剩胸中辽阔。

王维因画家兼诗家身份，作品"诗中有画，画中有诗"，同样艺兼双重的黄公望也不例外。

元代是中国少有的一个时期，温雅的气质里被楔入了剽悍的基因。这个时代对知识分子不那么友好，但与时代特点同步，较之宋代，审美意识强过了论理苗头，每一个都是纯粹的个人，而不是群体或木偶。所以，黄公望才可以淋漓尽致地在图画中进行抒情，在文学里喜悦轻松地进行勾画。

他以雄放之笔大言山水，是大器晚成的典范。他的父亲年逾 90 才得了他，而这个有些异禀的小人儿也果然天资聪慧，十二三岁便通过了神童考试，文名显著。但年过 40 以后，他才勉强当上下层官吏，不久又因冤罪入狱，后来更是落魄到以算命写歌为生。因此，他蹉跎到50 岁才开始学画，79 岁才开始动笔，创作他的惊天之作。

巨制《富春山居图》，画的是漫长的江水，在千年的时间里，平水，激流，交错流过。江畔则是荒村疏林、峰峦深涧、亭台、小桥、渔舟、飞泉。前半段是夏天的感觉，到后面一段，出现了秋景，树叶部分淡掉，全用垂直的皴法，似乎繁华落尽，尽显烟云之奇、江山之胜。可惜在明朝万历年间，此画成了火中的殉葬品，从此首尾分离，分别收藏在浙江博物馆和台北故宫博物院。

写字作画，应该写自然物象之生命，不仅对景状物，更要升华意象。回到大自然的山山水水中，在融入自然中物化，又在表现自然中将自然人格化，这种人与自然浑然一体的互动、亲和状态，就是最代表东方文化特性的"山水精神"。

黄公望拖着老迈之躯，用自己不停歇的劳动，有力地诠释了这种精神。

这个时间段，恰巧也是楹联发展到巅峰的一个前奏。经过前朝几代的打磨，形式与内容的完美契合，已经让诗联家们的表达游刃有余。

舒云亭

同伴彩云归去；
待邀明月相依。

——王视题

"彩云""明月"，语出晏几道《临江仙》中的"当时明月在，曾照彩云归"。而在这里，景色就是景色，没有象征意义。彩云，明月，不再代表相思，洗脱超越地理意义的虚词。大地活着，像人一样，其美如是，欣赏就够了。

然而就算抹去了词汇的原本意义，人们还是会自然想到那美好的感觉。所谓联想，还是敬佩并感激先贤的创造——诗联家写下一个词，用到一个典故或一个成语，都仿佛经历了无数个朝代人们的思索，收到了独自拥有生命的遗物。

近代开始，到"五四"运动之前，其实直到现在，中国文学也还是沿袭着古典的抒情惯例，所用也多是旧有的一些意象，伟大的唐诗宋词，它们的空谷足音依然是楹联踏歌的节奏。那种娴雅端庄，虽说在王褆的青年时期被折腾得七荤八素，却还风韵犹存。全联借得宋人

舒云亭

风韵，紧扣"舒云"主题，用流水对法，说平生意，叙述和缓，格调高贵，情景交融且显平衡，而意境推远，令人回味。

青年王褆站在舒云亭上，遥观三台山云树参差，彩云流霞，不觉有飘飘欲仙之感，因此有伴着彩云远远离去、等待明月来相伴相依的咏叹。

没错，这个作者就是咱们在西泠印社那一部分提过的王褆（王福庵），王羲之为其先祖。在"创社四英"中，他的年龄最小，成就却是最大的——他一生痴迷篆刻，不慕繁华，所求不过一碗三餐半张床，与人也并无多余交集。这样的人不成功，谁成功呢？

王褆的篆刻作品典雅厚重，中华民国政府印即出自他的刻刀。其生平刻印数以万计，成为中国篆刻史上承前启后的一代宗师，却一如既往淡泊而谦逊。在 81 岁仙逝之前，王褆将自己收藏的 700 余件书画、印谱、印章、碑帖，全部捐献给了他亲手参与缔造的西泠印社，以自身一生的实践，诠释了"伴彩云归去""邀明月相依"的潇洒与清高。

于谦祠（于谦墓）
——剖得黑白见丹心

　　三台山麓，最著名的景点当属于谦祠了。于谦与岳飞、张煌言并称"西湖三杰"。

　　于谦祠为传统型的祠堂建筑，白墙灰瓦，朱漆大门。祠堂共有三进，为前殿、正殿和后殿，前殿与正殿间，有南北厢房各一，厢房北面另有配殿一间。虽说整个祠不大，沿着一条甬道即可到达，但比起于谦本人的故居，还是气派太多。

　　白发，怒目，铿锵的呵斥声，都被时间吞吃，现在剩下的这一抔土不再有生命，也不会再对生者产生什么威胁或震慑。这一抔土，就是于谦。

　　似乎就在不久前他所吟唱的诗句，也是他的一部分。有一部分于谦在这里，从来没有离去。

　　墓碑虽然老得不像话，却依然像骨头一样挺立。湿淋淋的字迹，如千古之痛，簌簌流淌：

　　　　国家正赖公耳，排众定朝班，厉声定守义，改容定奉迎，当时何敢言功，以社稷安危为己任；

上皇终不快也，徐珵请弃市，吾豫请连诛，白琦请谤罪，事后实怜其枉，复玺书袍锭赐崇祠。

——〔清〕李瀚章题

上联谓：国家正仰仗您，力排众议，稳住朝堂，您大声斥责那些不抵抗的异声，怒气使得您变了脸色——您因为那些人逢迎权臣而愤怒。那时候，您一点都没有想到过邀功请赏，而只是以定国安邦为自己的责任。

下联谓：英宗皇帝终究因小人谗言而不开心，（将您定成死罪），兵部尚书徐珵请求将您绑至闹市，绞首示众；教谕吾豫说您罪该灭族，您所推荐的各文武大臣都应处死；千户白琦认为应该写上您的罪行，刻板印刷在全国公布。您逝后，因怜惜您的千古奇冤，后来的孝宗皇帝为您平反昭雪，恩准建祠堂以为纪念。

全联以叙事为主，融抒情、议论为一炉，追本溯源，以至远近上下人物，皆合我用，皆为我恨为我叹为我鞭挞，因所赞之人而见境之阔远，情之深长。

是那种气壮山河之作，有难度、有品质、不哗众取宠的，带着坚硬的才略。堪为于谦生平写真。

"土木堡之变"似刀，切开了明代。

只要放弃北京，迁都南京，弃车保帅，丢掉一半江山，像南宋那样蜗居某处，仍可苟安。

当时很多官员打包好行李，随时准备逃跑。朝会上，徐珵提议南迁，群臣默认。

孰料响起一声怒吼："建议南迁之人，该杀！"

怒吼的发出者，是刚投笔从戎的书生——正在兵部任副手的于谦。

在精锐尽失的绝境下，于谦扛起重担，硬是凭着七拼八凑的军队，激战三天三夜，拼到人是血人、马是血马，将士气正旺的瓦剌铁骑顶了回去。

明景泰八年（1457），代宗病重，徐珵牵头发动"夺门之变"，英宗复辟上位。曾在朝堂上被于谦怒斥的他成功复仇：以意欲谋反之名，加罪于谦。其"意欲"之恶，堪比当年"莫须有"。

仅仅8年后，北京保卫战城墙上的鲜血还依稀可辨，拼上一死保卫它的英雄却已长眠地下。

于谦祠楹联作者李瀚章比起二弟李鸿章的褒贬两极，他只占一极——在湘系阵营中有"四贪"之一的污名，退休后还买了4万多亩地，给11个儿子一口气盖了许多大房子。为官30年，他从未以"贪酷"之名参弹过任何人，人送外号"官界佛子"。

这么一个深谙世故的圆滑之人，也是有是非观的。贪婪、自保之庸臣，瞻廉洁、刚直之圣贤，由地观天，想来还是惭愧居多吧。

作为文臣，敢"咆哮公堂"，然后组织弱旅，将自身安危抛至脑后，去做一个武臣该做的事情。此等节操，是没有谁能相比的。

如大山的情怀以一个个泉眼释义人间，于谦的情怀以一副副楹联朝向天地。泉眼小的如哭泣，大的似怒吼；楹联长的是控诉，短的是赞美。而于谦，是一座大山。他写过的煤炭，黢黑乌亮，一片丹心，"凿开混沌得乌金，蓄藏阳和意最深"；他写过的石灰，烈火焚烧，方见冰心，"粉骨碎身混不怕，要留清白在人间"。它们都出自深山。

张苍水祠（张苍水墓）
——三分忠勇唱大风

张苍水墓离于谦墓其实不远，东行杨公堤，转南山路，看看风景，半小时左右，不觉就到了。

此处祠墓合一，庄严素朴，兼擅名人纪念地和园林之胜，而与于谦墓等其他游人不多的名胜相比，更加人迹罕至，似乎墓主人的忧思和孤独还在，他还是那座清王朝大海上的孤岛——他曾以倔强的姿态，凭一人之力，做成了大明最后的国土。

"史鱼秉直""史笔如铁"，是中国这个历史之国的一种基准道德基石，话语权力的梯纵关系十分明确，即正史基本是权力意志。所以某些时候，英雄被抹去冠名。然而总有一种传播观念超乎权力意志之上，也许是信仰，也许是正义，也许是对人性的理解。它虽然来自于历史，却超越了历史的局限性，而成为一种永恒的规律。

对于一个值得被记忆的事件，只要它是很多人有目共睹的，它的模样就基本上没什么歧义。稍拉长一点时间，人们该景仰谁该唾弃谁，一点不受任何外力的影响。

这种记忆的唯一危险就是失传，消失在茫茫的历史洪流中。但它本身是不可撼动的。

看看楹联，那些大都是民间流传的呼喊，就知道他在人们心里百撼不动。

> 日月双悬于氏墓；
> 乾坤半壁岳家祠。
>
> ——张煌言诗句　王蘧常书

此联出自张煌言《入武陵二首》诗，本是其歌颂岳飞和于谦的两句诗，说明他一生以岳、于二人的品德和功绩作为自己的榜样，因而终于与他们并称"西湖三杰"，光耀千古为西湖增色。

巧而不浮，气韵流畅，赞辞挚诚，指向明确，"日月""乾坤"，唯大英雄可配用。作者志向的高洁、牺牲的决心，于联语中自然释放出来。

张煌言苦守故国的19年是一曲"大风歌"，比先秦刺客的"壮士一去兮不复还"还要悲壮雄奇得多。

清军入关，轻易攻陷江南大片土地，都因明朝官员或弃城遁逃，或密谋降清。独张煌言在宁波拥当地父母官起事，拉起义军，与清军抗衡。

明永历八年，也即清顺治十一年（1654），张煌言率部趁清军兵虚之际北伐，攻城略地，直捣南京。之后却因无人应援，败至江西。

清廷使出千般手段，就是消灭不了他。

所有人都以为他已死，可这个清廷眼里的"死人"仍不知惜命，还没缓过来，就收集旧部，左一记右一记，为清廷喂食耳光——虽不十分响亮，却一定要给敌人点颜色看看。

队伍没吃没喝，打仗之余抽空种地，勉强果腹，军服都是五颜六色，破破烂烂，整个一杂牌军，却还在四处腾挪打游击。

前朝孤臣活着一天，就意味着前朝的火种不灭。这让统治者恐慌，因此，清廷加强禁海令，坚壁清野。

清康熙二年（1663），张煌言携数人，驾一叶扁舟，登上海岛，盖起茅屋，蜗角存身。

小岛如衣，将他短暂拥抱。

多年征战在外，父亲死时得不到安葬，弟弟张嘉言不幸牺牲，妻子、儿女被清廷俘虏，当作人质……

就算这样，又能怎样？孤悬海上，孤军奋战，张煌言抵死不降。

清康熙三年（1664）七月二十日黎明时分，在晨幕的掩护、叛徒的引领下，清军靠近悬山岛，捉住了他。

如果愿意投降，一切都可以被重置，颠覆过往，乐享天年。不投降，只有一死。

活着，还是死去？

要么全部，要么全不，只能二选一，没有中间项。

这人生命题够残酷。

他选择了死。44岁，张煌言终于成了他崇拜的人——一句"好山色！"是他的刑前遗言。那份从容，让人听了动容。他与岳飞、于谦一起，被后世尊为"西湖三杰"，与白居易、苏轼、林逋组成的"西湖三贤"相映生辉。

所有的人都认为他是兵败被捕了，只有他觉得这是"胜锦旋"。这的确是一种胜利，所有英雄——不论是同志还是仇雠，无不折服于这种胜利。

百代之下，没有哪一场败仗比张煌言打得更漂亮。

第三章

山行觅句

飞来峰——不寻常即是寻常

飞来峰，又名灵鹫峰，不过 168 米高。由于长期受地下水溶蚀作用，形成了许多洞壑，如龙泓洞、玉乳洞、射旭洞、呼猿洞等，洞洞有来历，传说无数。

飞来峰岩骨暴露，峰棱如削，怪石如蛟龙、奔象、卧虎、惊猿……仿佛是一座石质动物园。

在飞来峰诸洞穴及沿溪间的峭壁上，雕刻着从五代至宋、元时期的石刻造像 390 多尊。这些佛教造像精美至极，非同寻常，而又灵动如斯，为飞来峰添了人文色彩。

　　飞鹫何来，佛国有缘留净土；
　　骑驴且去，河山无恙付斜阳。

　　　　　　　　　　　　——陈训正题

联意谓：飞来峰从哪里飞来，不去管它，因为与此地有缘，成就了一方净土；我远离政治，也不去管它，但看河山大好，渐渐衰落，无能无力了。

上联以飞鹫（灵隐寺）、佛国、净土言佛教之事，下联以骑驴、河山、斜阳寓世事之慨，又以来、去、有、无四字形成强烈反差，化典无痕，手法老到。

这里的"飞鹫""骑驴"都是典故。相传1600多年前，印度僧人慧理来杭州，看到飞来峰，称奇曰："此乃天竺国灵鹫山之小岭，不知何以飞来？"所以作者说"飞鹫何来"。史载，南宋抗金名将韩世忠晚年受秦桧压制，杜门谢客，口不言兵，常跨驴携酒，纵游西湖以自乐，所以作者说"骑驴且去"。

此联运典精当，专切不移，吟诵之间，清润婉转，直可飞升到东晋或南宋。

作者陈训正的祖父曾于故乡慈溪（今浙江慈溪）经营茶业及钱庄典当业，家中算得上小康，平素乐善好施，乡中有贤名。其父在经商途中去世，当时陈训正只有9岁，他下有两妹，情状之悲可想而知。

幸有三叔关爱，他才受到良好的教育。清光绪年间，他应考中举，名扬乡里，声噪慈东，与兄弟陈布雷、陈训慈一起，被称为甬上"陈氏三文豪"。后来，他看清廷腐败，外侮愈烈，不愿只埋头研究文学。1901年，赴日本访求科学救国之道，加入同盟会，投身革命事业。后来，他辗转上海，办报办学，又去宁波创立孤儿院，其救国救民之心天地可鉴。

20世纪20年代，他先后历任浙江省政府委员、杭州市市长、浙江省民政厅代理厅长、西湖博览会博物馆馆长等多职，造福良多。也就是在这时，他稍有放松，便到处走走，然而山河破碎，身世浮沉，不禁想起当年的忠良之将韩世忠抗金受挫，只好装聋作哑，沉埋山水以避世。

这副联中，其内心对河山无恙的渴望溢于言表，报国无门的苦闷也呼之欲出。非全然写景，是有感而发。

涤热肠，泉是冷好；
卫净土，峰特飞来。

——〔清〕范抡选题

从冷泉亭那一堆楹联里单拎出来，是因为此联内容多是作者的新见解，从单单的问答禅意，翻成了有温度的赞美。

出色的诗联家会克服禁忌和陈词滥调，寻找前辈大师的弱点或忽视点，在那里开辟新的疆土，发展他们未完成的事业，实现话语及精神的双重自由。

作者认为，冷泉的好处，在于能够"涤热肠"，让人的心灵能够恢复冷静、悠闲，能够感悟到佛理。这是冷泉的好处，也是人们关注的重点。

下联尤其有情：为了守卫灵隐寺一片"净土"，飞来峰才特意飞来。

据说对联原本是"涤热肠，泉是冷好；卫净土，峰故飞来。"

"峰故飞来"，一个"故"字，更多的还是解答"峰从何处飞来"的问题。把"故"改为"特"，不但将飞来峰拟人化了，且语气强烈，不是解答问题，而是剖其胸次。一字之别，提升了高度。

三字联、二分句难为，盖因容量小，不容易说透，这里逻辑自洽，滴水不漏，雅切自然，像真是那么回事似的。有小家碧玉般的圆转玲珑之态，见方家手段。

明清楹联如同盛唐诗歌，其普及程度到了一种几乎人人可为的地步，质量之高也常让人吃惊，尽显文体之美。

作者范抡选，史上无生平记载，只知道他是浙江天台人，多处撰联，妙语连珠。

撰联，这项貌似微小的文字工程，其非同一般的独立性赋予了自己一种"斯文在兹"的大气魄——相信联家们会因征服语言而产生快感，因此他们才那么喜欢。中国的楹联大概是最充分组织的语言之一了，其他文种的诗律只强调到诗行和韵脚，楹联则深入到每一个字的状态，讲究字义与字声的对偶和对仗，使得这种语言形式与日常用语有了彻底的分离，赋予严苛的纪律以鲜活和柔软，构成了自有的一个语言世界。在文学艺术领域，这不能不说是一项令人叹为观止的奇迹。

另外，还有一副为冷泉亭所作的妙联，以及由此衍生的许多有关冷泉之冷、飞来峰之飞的妙联解答，且听下回分解。

冷泉亭——云端尚绕唱和声

这一处不单列，简直说不过去。它像一本每次重读都会带来发现的书，又像一本即使初读也像是重温的书。

冷泉亭是一处山水胜迹，位于灵隐寺前、飞来峰下，唐时亭在水中，宋时移建于岸上，并建起水闸蓄水排洪，"冷泉放闸"成为古代灵隐寺的景观之一。现亭为重檐木结构，四牺角十六柱，颇为舒朗。亭侧泉水绿，草木稠，景色深秀。

一千多年来，冷泉亭一直是诗人们流连忘返的处所。唐代白居易曾为之题写"冷泉"亭名，宋代苏东坡又续书"亭"字。比木盆大不了多少的一处小泉子，比茅屋强不了多少的一座小亭子，都是盛放这些吟哦之声的留声机。

比起那些帽履光鲜的假古董，我们更爱这些无物之物：

泉自几时冷起；
峰从何处飞来。

——〔明〕董其昌题

这副联写得别致：以发问的形式，提出了两个问题，让所有见到它的人都去思考和推测。其实飞来峰从何处飞来，并没有什么记载，只不过是一种地质现象，是经过长期风化作用的产物，并非真的是从别处飞来——也许它形成时还不曾有人类，自然就无法寻觅其来处了。

不过据说东晋时，印度高僧慧理登临此峰之后，叹道："此乃天竺国灵鹫山之小岭，不知何时飞来？"故此才被命名为飞来峰。当然，这只是慧理的赞叹，并非说峰真的从印度飞来。

上下联均以问为句，紧扣冷泉、飞峰，点明胜迹之奇特。苍茫荒率，不同凡响。

在格律文学中，楹联脱胎于骈文与律诗。此联就是典型的骈文句式。简简单单 12 个字，令人浮想联翩，确实是副佳联。

不知什么时候，有人在联上加了条六字横批："仰钱塘县查报"。

幽默、调侃的口吻，令人捧腹。可是过不多久，这个"飞来"的横批就被撤掉，因此少人知，但故事却流传下来了。

"仰"虽说是个中性字，可以用作上级对下级的命令，也可以用作下级对上级的请示。可是如果是下级请示，一般要在"仰"字之后加上个"恳"字或"请"字，以示尊敬。而这儿却偏偏在后面加上"查报"二字。何谓"查报"？查实报来也。

一副上级命令下级的口气。显然，这是一个恶作剧，而且"主演者"很有可能是一介草民。

性质严重了。是仅废横批呢，还是去除全联？最后，官方终于决定——"除恶务尽！"所以，在一个阶段，这副联被连根拔去，不见踪影。

因噎废食终不可取，到底妙联重见天日，而开闸放水，引发出多少文人灵感？撷几例即可得知：

泉自冷时冷起；
峰从飞处飞来。

——〔清〕石治棠撰　李铎书

诗文摘句为楹联，往往有个限制，就是得结合上下文来看，才容易理解，也不觉突兀。这一副就有点那个特点：得结合董其昌的那一副来看，因为是对董其昌疑问的回答。这样联系一下，联语就格外天真自然啦！

答似未答。回答最老实，又最不老实。用家常话说着云山雾罩的禅语——它正处于佛家之地。答前人问，答用禅语，答在山水间，切时切地切景，果然高手。

让人想起六祖惠能大师的一个四句偈：

"菩提本无树，明镜亦非台，本来无一物，何处惹尘埃。"

这是根据北渐宗祖师神秀的四句无相偈子引申而来的。神秀说：

"身是菩提树，心如明镜台，时时勤拂拭，勿使惹尘埃。"

各有奥妙，而慧能禅语似乎更上一层。

在品赏西湖"平湖秋月"楹联时，我们讲过石治棠的有关故事，他作的楹联又多又好。此处略过不再赘述。

泉自有时冷起；
峰从无处飞来。

——〔清〕俞樾撰

从有泉的时候，就开始冷了。至于峰，却是从失去峰的地方飞来的。其实这两个问题本没有答案，俞樾如此回答也算巧妙，且中间暗藏禅机。

楹联起自偶然。俞樾将妻女联趣这桩事记录在自己的文集《春在堂尺牍》里：

一日，俞樾偕夫人来到冷泉亭，细读董联，觉得佳妙，夫人笑道："此联问得好，你能答吗？"俞樾答："泉自有时冷起，峰从无处飞来。"夫人略为沉吟，说："不如改成'泉自冷时冷起，峰从飞处飞来。'"

——机锋对敌，快而无迹。

不过，这与前番石治棠联语相同，至于作者究竟是谁，众说纷纭，无定论。

俞樾又记：

过了几天，二女儿绣孙回家探亲。闲谈时提及此联，俞樾让女儿也对一联。绣孙沉吟良久，笑道："泉自禹时冷起，峰从项处飞来。"

老父发问："'项处'何所指？"

女儿答："项羽《垓下歌》云'力拔山兮气盖世'，不是他将山拔起，又从何飞来？"

——这就比俞樾夫妇的答案更加具体了。这里说的"禹"，即传说中的治水英雄大禹，她说冷泉是大禹治水的产物。"项"，自然是"力拔山兮气盖世"的西楚霸王项羽了，否则谁能举得动呢？因此得出"结论"：飞来峰是项羽将山拔起后，才飞过来的。这种说法当然是牵强附会，但谁也不能不为她的聪颖和联想丰富而叹服。蜕去禅意，意趣玲珑，其中的审美意味变得浓厚。

在摄影中，镜头语言讲究丰富，画面从来不是孤立的，而是既要有具体事物，也要有人文附着。比如拍公园场景，如有工人劳动的场面，或大手牵小手的互动，场面会温馨和谐，与花木相映成趣。所以，论禅理，俞樾夫妇胜；论有趣，则绣孙胜。

可能因为有趣吧，清朝时，围绕"冷泉""飞来峰"两个主题，还冒出过许多巧对，如祝庆年的"洗热肠泉是冷；护净土峰故飞"，升泰的"泉在山中，自是清流甘冷落；峰高世外，孰从飞去悟来因"，张学智的"尚有热心，肯与人共冷；何堪退步，甘让峰飞来"，郭昆焘的"丘壑定禅心，泉水出山犹自冷；烟云空变态，峰峦何处更堪飞"，左宗棠的"在山本清，泉自源头冷起；入世皆幻，峰从天外飞来"，佚名的"春秋阅尽水长冷；风雨到来山欲飞"，"我来尝泉，根本不冷；君且看峰，何曾有飞"……如同大会上的踊跃发言。而那位审美一流却不怎么喜欢到处题字的雍正帝，他忍不住发声，一副"圆机风与溪相答；妙义人同石共谈"的联语，很像是同学们发言后的老师总结讲话——热闹得让人忍俊

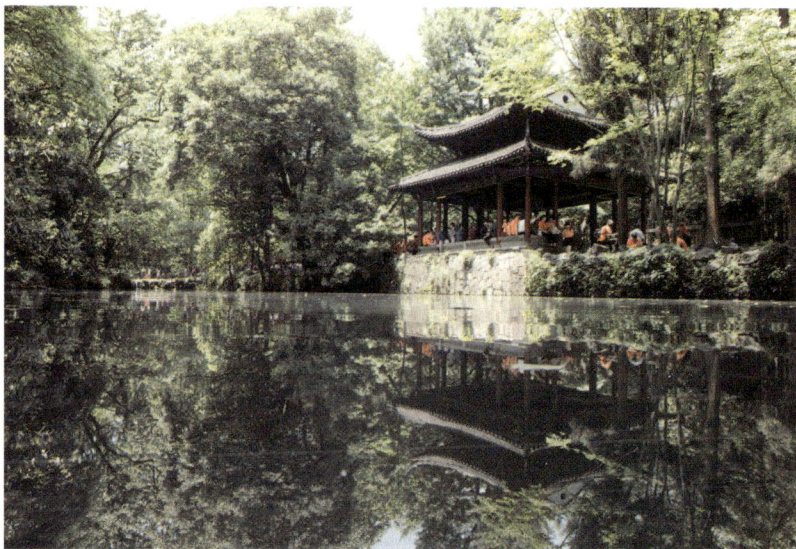

冷泉亭

不禁。

世间万物都有道，一个人内修到哪一层，就可以悟到哪一层。这在冷泉亭楹联群中表现明显。

光阴的阻隔算得了什么？衣服的式样都换了几番，更不用说政权。但数百年之下，人们互为知己，孩童一般，你来我往续着一副联，做着这个也许亘古相传的"游戏"，真是一桩美酒一般的大佳话。

灵隐寺——坐看云林忘岁月

要说杭州的佛道景观，极有名、极灵气的，就是灵隐寺了。

灵隐寺又名云林寺，始于东晋，兴于南宋，延绵1700余载，乃杭州佛教之滥觞。自魏晋以降，高僧云集，缁素共趋，谈禅论道，风骚独领。儒释交融蔚然成风，一吟一咏无非妙道，遂成文化大观。

不可错过的是灵隐寺著名的双塔：石质的，仿木构，塔檐呈层层莲瓣状，不辞劳苦地向上翻起，末层还学样雕出斗拱和木椽，甚至木材之间的穿插叠加，都逼真得一丝不苟。难为了当时石匠。双塔始建于五代或北宋初，现虽已残损，威严不减。

坐看云林，比对一番古代的老先生们眼里的塔大致是什么样子，而忘记了岁月几何，也是另外得来的趣味。

翠微亭

飞来峰上，有许多好看的角落，比如半山腰上矗立着的翠微亭。

在这附近，有很多临泉的大亭子，如春淙亭、壑雷亭等，面阔大，进深长，参差高下，相互之间保持着得体的距离，显出一派官式的泱泱风度，四平八稳中，又有按捺不住的什么东西。但翠微亭有所不同——用材朴质，设物简洁，造型乖巧，秋水凝，对着远山青，气质沉静，一派和蔼，却饶有分量。

南宋绍兴十二年（1142），岳飞被害仅两个月零五天，曾与他共蹈生死的战友、抗金名将韩世忠即愤而建起此亭，以为纪念。几度兴废，民国时重葺。"翠微"之名源自岳飞《登池州翠微亭》诗："经年尘土满征衣，特特寻芳上翠微。好水好山看不足，马蹄催趁月明归。"岳飞死于"莫须有"罪名，"莫须有"三个字就是在韩世忠的逼问下，秦桧理屈词穷、口不择言时所说，也为岳飞后来被平反留下了证词。

> 回钟宕漾融闻性；
> 幽翠玄微印觉心。
>
> ——释太虚题

联意谓：听着回响的钟声，内心忽然领悟了"闻性"——闻、思、空三性；看着深绿的山色，内心也印证了"觉心"——去迷悟道的心。

作者眼中、心中处处是道，并言传身教给人们学习佛理的独特方法。

心中有大宁静的人，才舍得把文字的步子放得这么慢。看高僧安步当车，踱过这些大而空的东西，总有一种时光迟缓的感觉，倒不是岁月静好。静是静，好倒未必，看他眼不聚焦，就是无悲无喜。

作者太虚法师为人却有情有义。他祖上世代务农，不足两岁，父亲便去世了。5岁时，母亲改嫁，从此，他便寄居于海宁的外祖母家，其间一度就读私塾，但因体弱多病，时学时辍。9岁时，他跟外祖母去安徽九华山进香，途经寺庙皆瞻礼。13岁时，他被送到百货商店当学徒，一年后因病退业，15岁时又到另一家百货商店当学徒，终因体弱不堪，未能安心学习。大师的少年时光孤苦而贫弱，他也时常憧憬佛门的自在生活。

16岁的他离开了10多年来一直相依为命的外祖母，决定去普陀山出家。途中辗转，抵平望的小九华寺，猛忆9岁时随外祖母入寺进香。宿缘契合，所以入寺求度。住持答应了他，带他去苏州木渎浒墅乡，在那里的一个小庙里为之剃度，法名"唯心"，后立表字"太虚"。

大师后来曾自述最初出家的动机："还是仙佛不分，想得神通而出家。"事业走到高处时，还能不打诳语，其实难得。

剃度后，他游学于江浙及广东等地。除佛典外，还阅读托尔斯泰、蒲鲁东、马克思乃至康有为、谭嗣同等的著作，一度热心政治。1914年，第一次世界大战爆发，他目睹时艰，对佛法救世的力量也发生怀疑。经过反省，到普陀山闭关，1917年春出关。

1918年，在上海参与创立觉社，他亲任主编。1919年，"五四运动"爆发，他改《觉书》为《海潮音》月刊。次年，《海潮音》正式于杭州创刊，至今仍在我国台湾地区出版发行，为影响深远的佛学刊物之一。他接任西湖净慈寺住持后，僧制改革受挫，但他坚持不辍，在我国江、浙、湘、鄂、皖、赣、粤、陕、沪、京乃至欧美、南亚等地宣讲佛法，宣传抗日。

翠微亭

　　悟道而以道治世，出家而心有国家，以彼以此论，太虚法师都堪称楷模。

　　　　人生哪能多如意；
　　　　万事只求半称心。

　　较之禅意深重而大致相似的诸多佳作，说平常话的更易流传。这是一副有关灵隐寺的"网红"楹联，但寺内未见。其实，在心里也就可以。

永福寺——四壁灵山藏净土

　　紧邻灵隐寺的，是永福寺。虽说永福寺被誉为"中国最美寺院"，虽说它与灵隐寺相隔不过一箭之地，甚至简直一体，然而灵隐寺的光芒还是将永福寺遮蔽得严严实实。

　　永福寺旧分上下两寺，与灵隐等寺一样，同为慧理禅师开山创建。1600 多年前，东晋年间，印度高僧慧理来杭卓锡筑庵，接连兴建了灵鹫、灵隐等 10 座道场，永福寺是其中之一。之后一直香火旺盛，直到清朝乾隆末期开始荒废，一荒就是 200 多年。当代重建。

　　它打破传统寺庙中轴建制，以一种充满禅意的不对称方式，高高低低，依山而建，成为精美的园林立体景观。寺里面还有佛教书画艺术活动场所，有佛教音乐厅，会举办佛教新年音乐会，其素斋、禅茶都很有特色，值得品尝。

　　永福寺一定是全中国最绿的寺院了。它其实已经不像寺院，而更像一个林场。山、树、寺浑然一体，行走其间，人会难以辨别听到的是自己的呼吸，还是草木的呼吸。

二道山门

静临水阁先知月；
屡设山门为阻云。

——赵叔孺题

　　难道静静地坐在水阁边就能与月亮相知？难道永福寺设三道山门是为了阻挡云雾的烦扰？当然不是，但诗人说是就是。诗歌常常是反逻辑和反理性的，且从美好处计较：阁下临水，水映圆月，亲近似知音；佛门清净，宝刹庄严，阻俗如阻云。

　　吸纳月一样的温慈平等，阻断云也似的浮躁游移。这是很重的句子，从自然环境和字面意思中抽离，建筑物成了连通空境的媒介，生命在巨大的时间和空间里抛弃茫然和不定，而有了禅心的坚定与决绝。月和云的宇宙感、博大感，"知月"和"阻云"的空灵感和美感，写实性和虚拟性，扩大了的情感体验和扩大了的生命体验，都在最平凡不过的一道山门上体现。

　　整副联所体现出的静、净，以及坚定与决绝的境界，或许正是修禅的意义所在。当然，写岚气成云，飘来荡去，人在水阁先得月，也是对山寺环境的另一种赞美。

　　走进永福寺金灿灿的墙内，就不想离去。寺院中特别的安宁，与寺外热闹的市声相比，如同两个世界。

　　作者赵叔孺，当代可能很多人对他没有很深的印象，但对他的学生应该有所耳闻——沙孟海，陈巨来。他本人曾被称为神童，5岁起画马就出神入化。据说他8岁时，其父在春节大宴宾客，席中有一位长辈林颖叔，听说叔孺小小年纪就能画马，要他出来相见，并当众挥毫表演。

他很快画出了一幅神骏的奔马，座中宾客传看，都十分惊诧，纷纷赞叹。林颖叔对赵叔孺非常赏识，第二天就请了媒人到赵家说媒，把女儿许配给叔孺。赵叔孺 17 岁迎娶林家女儿，与她十分恩爱。画一匹马得来一个娇妻，当时传为画坛佳话。

这位金石书画样样皆通的大文人，对官场之事十分淡泊，他专心学问，强调画风复古、印风学古，与当时劲刮的大写意风是相逆的，因此他的画风始终属于小众，不能取得主流的辉煌。此联的创作也体现了赵叔孺本身的个性：静、净、坚定与决绝，艺术之路走得有大主意。人生之路也是如此。

会客厅外抱柱

细水浮云归别海；
远山终日道余霞。
——〔明〕东皋心越禅师撰

细细的一道水（河水、溪水或江水），深深地伸入浮云间，归向了那边的大海，而远远的大山，它们与夕阳一起，与彩霞道别——彩霞慢慢地暗下去了，像是它们没说完的话。

——一派极美、极开阔的景象。

这副联的视角很宽，所以看到的水为"细水""远山"。所处之地杳无人烟，因此，眼中尽是"云""海""日""霞"。这里的"终日"不是现代意义上的"从早到晚"，而是"就要落山的太阳"。每个名词前面都有相应的形容词修饰，界定了此物的性质、状态、程度……其细腻、温婉直如女子情思，娓娓不尽。

作者东皋心越禅师祖籍浦江（今属浙江金华），是永福寺历史上的一位传奇高僧。

36 岁那年，他曾历尽艰难，东渡日本，传播书画篆刻艺术，复兴琴道，弘扬佛法，是中日文化交流史上一位划时代的重要人物，被日本奉为"篆刻之父""近代琴学之祖"。清康熙十年（1671），东皋心越禅师受杭州永福寺住持的邀请，驻锡永福寺六年，广会文人墨客，交流诗、书、画、印、琴诸技艺，艺僧之名广传天下。清康熙十五年（1676），他经普陀东渡日本，住持长崎兴福寺 3 年；上大阪黄檗山万福 5 个月；长崎闭关 1 年多；寓居江户 1 年半；寓居水户 8 年半；后应水户藩王德川光国迎请，住持水户岱宗山天德寺 4 年多——前后总共19 年的时间。可以说，他大部分弘扬佛法的足迹都留在了日本。他弘法天德寺的时期被称为日本佛教界 300 年来从未有过的盛世。

时至今日，日本画界、音乐界、宗教界人士纷纷来永福寺寻根访祖，就是寻访东皋心越禅师留下的印记。在东瀛，其影响力仅次于唐代的鉴真大师。

禅师出生于明崇祯年间的浙江金华，俗姓蒋。心越自幼志怀好学。8 岁时，去苏州报恩寺削发出家，精研佛法。30 岁时返浙，在杭州皋亭山显孝寺参禅。2 年后，继承衣钵，成为佛教曹洞宗寿昌派的第 35 代传人。

东皋心越禅师善书画，精篆刻，兴古琴，工诗文，诗联同样写得好。禅师 57 岁圆寂于日本，可他对故国风景至死不忘，他的赞美和思念永远镌刻在了祖国大地上。

天竺三寺——竹叶肖眉随僧老

自灵隐"咫尺西天"照壁开始，沿天竺溪而上，依次可见下天竺法镜寺、中天竺法净寺、上天竺法喜寺。

三座寺院历史相近，教观相近，环境幽雅，高僧辈出，被世人誉为"天竺佛国"。乾隆皇帝南巡杭州时，亲自为三寺命名，并题写了匾额。

早春时节，柳垂金线，桃吐丹霞，装扮齐整的香客在领队旗帜的导引下，一群群，一队队，先拜岳王庙，再进灵隐寺，然后依次参谒下天竺、中天竺、上天竺，最后转回净慈寺。条件好的，还要从草桥门外的海潮寺登船，遥去东海的普陀寺。香客们双手合十，叩头祈福，所到之处香雾袅袅，崇光熠熠。这恢宏的场面，就是闻名遐迩的"天竺香市"。

座座寺院都有古树，大都有几百年以上的历史，以唐诗宋词为根，绿绿地高耸入云。每年农历四月初八——释迦牟尼佛诞辰日——天竺三寺也会举行托钵行脚慈善活动，届时僧侣会统一着装，沿天竺溪步行，接受捐款布施。远远打望，一队老僧竹笠芒鞋，身携包袱，目不斜视，低眉托钵于竹林间静静穿行。会莫名感动。

法喜寺

步行前往上天竺法喜寺，这一段路比较长，景色幽深。

天竺三寺中，以法喜寺面积最大，建筑雄伟，布局庄严。寺内殿堂很多，寺四周有白云峰、白云泉等名胜。白云峰的白云茶曾是南宋岁贡的西湖名茶。

宋哲宗元祐年间，苏东坡两度出任杭州地方官时，曾数次来游，留下《雨中游天竺灵感观音院》等诗篇。

如今，寺中还有大殿和斋、客堂等辅助用房，铸有5吨半重的大铜钟，并有天王殿和后殿。高处俯瞰，琳琅满目。

进法喜寺后，一直往前走，沿途经过茶园、竹林、小溪，可到天王殿。有联云：

> 开口便笑，笑古笑今，世事付之一笑；
> 大肚能容，容天容地，于人何所不容。

　　　　　　　　　　——佚名撰

这是殿内楹柱上的一副。

天王殿又叫弥勒殿，佛教寺院内的第一重殿。弥勒是梵文音译，意为"慈氏"，人称"笑佛"。天王殿正中，面朝山门的佛龛上，供奉着弥勒佛像，袒胸露腹，跌坐蒲团，笑容可掬。在民间，弥勒佛保佑风调雨顺。

一副顶针联，上联"笑"，下联"容"，顶针自然，不露痕迹。很好的示范联。

出幅写弥勒的形容、心境，"开口便笑""大肚能容"；再升华，写弥勒的思想境界、德操精神，"笑古笑今，世事付之一笑""容天容地，于人何所不容"。造句如涌波，层层推进，由实及虚，由窄处到广阔，朝远处消散……其实，最后是个反问句，应用问号。

楹联在随意造句中寄托着深刻的想象，既宣扬佛法教义，又投射人生，且多少带有修身养性的意味，浅白通透，人人可以解得。它告诉我们，为人处事，要宽容大度：容天容地容人，古今多少人多少事，什么都"付之一笑"，什么都要容得下。

北京潭柘寺有副楹联：

> 大肚能容，容天下难容之事；
> 开口便笑，笑世上可笑之人。

武汉归元寺弥勒佛堂也有相似的一副：

> 大肚能容，容天下难容之事；
> 慈颜常笑，笑世上可笑之人。

还有一些楹联，分散在山东、台湾、福建等全国各地寺院，联语大同小异。

感觉还是法喜寺这一副更宽容，境界似乎更高一点。

"付之一笑"其实是不在乎，不嘲笑，而潭柘寺、归元寺里的"笑"，就是笑话那些可笑的人。还是有分别心的。不过，从艺术性上来讲，后者更通俗、更简洁，更好记，也更人性化——怎么可能什么都不在乎嘛，就是要笑那些可笑的人，这样才解气。这个佛像个室友一样真实可爱。

从联语中可获心得：宽容是一种生存智慧，是看透了社会人生以后所获得的那份从容、自信和超然。在人类社会中，宽容也是一种极其重要的美德，宗教要求人们宽容，伦理学也研究宽容。因为人与人之间的差异是多方面的，需要对他人的不同之处乃至难容之处做出宽厚容忍的应对，如此才利己利他。

法净寺

位于中天竺，创建于隋朝早期，明代改称法净寺。

法净寺是天竺三寺中最安静的，庙宇屋顶以下从容下垂，像披着一片大布。看得仔细一点，会发现屋顶不是一味向下，无论四角飞檐或正面的檐口曲线，向下的同时又略微上扬，形成非常微妙的凹曲面。书法中也有类似的微妙之处，就是没有一根线条是真直的，总有细微的变化。这也算不同艺术之间的相通吧。

民国时，寺院遭遇火灾，损失巨大。现今不仅恢复起各殿，还建造了退院养老的安养堂，以供年老僧尼安度晚年。实在不易。

三天竺中，法净寺面积最小，不收门票，随意进出。

法净寺圆通殿造型极简，殿额为"清净庄严"。一点没错，此地果然如此。联云：

> 南海驾慈航，普度群生登觉岸；
> 西方悬慧日，光昭万有庇人间。
>
> ——佚名撰

圆通殿供奉的是观世音菩萨，即民间所称的观音菩萨。

观音菩萨的悉号是圆通。因为观音菩萨有宏愿：苦海度众生，闻声救苦——"观世音"的意思即，只要世间任何人有难，都可以吟诵其法号，菩萨定会循着声音来搭救。"圆通"实际上反映了观音菩萨救苦救难的慈悲之心。

这副联说的也是这个意思：南海驾起慈悲的大船（观世音菩萨），搭救众生登上觉悟之岸；西方高悬智慧的太阳（佛祖释迦牟尼），照耀着万物庇护着人间。

里面有几个佛教术语：

"南海"相传为观音菩萨修行的地方。"慈航"是一个暗喻，指菩萨搭救呼救的民众脱离苦海。"苦海"则是佛家的一个认识，认为人世间的一切都是苦难的，人是痛苦的，众生皆苦，如同在一个苦海里一样。而佛家可以帮助世人度过这些苦厄，就像一艘慈悲的大船，将苦难中的人搭救登岸。

"西方"代指佛祖说法和居住的灵鹫山。在佛家教义中，佛祖是我们生活的这个娑婆世界的教主，是娑婆世界最大的佛。释迦牟尼佛就是我们说的佛祖，因为创立佛教，传法利生，被世人尊称为"佛陀""佛祖"。我们一般提到"佛"指的就是佛祖。佛祖是历史上真实存在的人物。他出生在印度，是王宫里的太子。"慧日"在这里暗喻佛祖。要注意，佛祖不是通常所称的如来佛祖——"如来佛"中的"如来"和"佛"都是佛的一种称号，并没有"如来佛"这一尊佛。

以佛家语来写佛家景，门当户对。而这副联与平常佛联相比，虽不脱俗套，却尽可能地消解刻板，融入了更多的意象，这些意象既可作为佛门写照，又可阐释为日常景象：海上航行的大船，载人横渡；天边悬挂的日头，照耀万物。

联意虚虚实实，读来亲切易解，心头温暖安静。真好。

法镜寺

出法净寺，路过单檐六柱小亭中一座"为善最乐"石碑，慢慢看见了法镜寺。

法镜寺位于下天竺，是天竺三寺中创建最早的，由灵隐寺慧理禅师创建，距今快 1700 年了，是西湖唯一的尼众寺院。通体黄色的外墙，配着一水儿的灰色漏窗，护着不算高大的殿堂，非常扎眼。清代咸丰年间，法镜寺经历了战乱之苦，被一把火烧为灰烬。光绪年间重建。

法镜寺院内，前往三生石的途中，路旁有一座单檐六柱亭，就是三生亭。柱上有楹联：

除灭世间想；
了达诸法空。

——弘一法师题

对于热情活着的普通人来说，联语似乎有点负能量：将世间所有念想都消灭干净，真正明了佛家教义后会将一切都看成空。

"除灭""了达"，念起念落，境界已两世为人般，有了不同。本联择字用词毫无烟火气，空灵，极简，语止而意未断，直到淡之又淡，却袅袅不绝。

《西游记》第七十八回"佛道辩论"里，有一副联，可与之呼应：

> 为僧者，万缘都罢；
> 了性者，诸法皆空。

在佛家看来，世间一切无非缘于色——即眼睛看到的事物，通过鼻子闻到的香臭、耳朵听到的声音，舌头尝到的酸甜苦辣，以及身体触碰、感知到的冷暖、燥湿——要消灭对它们的念想。悟得通透了，便可知一切人、事、物、境界诸法，都像梦境、幻术、水泡、影子、露水、闪电一样，不可捉摸而又变化太快，要看到"地、火、水、风"四大皆空，方为世界的真相。

龙树菩萨《中论》里说："因缘所生法，我说即是空。"因缘所生，即指事物皆因各种缘，在某种条件下才显现出来。

这副联严肃地说一个他通过学佛得出的道理：去掉我执，将所有看轻，是生命通途。我要这么干。

用字都很重，其中满蕴坚毅之力。对于有的人来说，搬动一个词，需要搬动一本厚厚的字典——或者，一生。

1916 年，丧母而病弱、在浙江两级师范学堂任教的他，因看了一篇相关文章，去虎跑寺试着断食，不承想竟是一个朦胧的启示。

看透了。名利，乃至美人，其实就连山水佳景，也是空的。万物色相，充其量短暂拥有，而永恒失去。或干脆什么都不能拥有，你只是你——来也赤条条，去也无牵挂。

1917年。虎跑寺。梵音响起，发丝飘落，他一念放下，万般从容，感受到前所未有的好感觉，像童年读佛经的内心宁静，却又比那时更加清明。

他在禅房贴上"虽存若殁"四个字，意思是，即便活着，也当我死了吧。

于是，我们失去了一个红尘嬉戏、处处有情的艺术家李叔同，拥有了一个"除灭世间想，了达诸法空"、貌似无情的弘一法师。

北高峰——山脚山头两味禅

这一大片寺院的西北方向，正是北高峰。

北高峰虽然海拔高度不过 300 多米，但因在西湖周围的山峰中相对较高，所以经常被误认为是杭州的最高峰——实际上，杭州辖区内比北高峰高的山峰不下 10 个。

北高峰上有号称"天下第一财神庙"、屹立 1600 多年的灵顺寺，生意人往来不绝。在这里，有人许下愿望；有人祈求异峰突起的机会；有人害怕财富来路不正，跪求别出事；有人过于富贵了，富贵得不像真的，也害怕，怕失去，求神保佑最好延续一百代……寺院里盈盈喜气，恍若集市，热哄哄尽显红尘繁华。北高峰下有大名鼎鼎的佛教重镇灵隐寺，庄重中含威严淡泊，安安静静存一方清凉界。其意大有不同，而和谐统一，真是个奇妙的地方。

江湖俯看杯中泻；
钟磬声从地底闻。

——〔明〕邓林题

这副联视角奇特：大江啊大湖啊，从高处看都像小杯子中流下来的，而寺庙里钟磬的宏大之音，又似乎是从地底下冒出来的。

从高空俯瞰，在低处倾听，声色俱全，大气磅礴。这景象从远古到今天，都丝毫未变，让人知道，大自然的力量远在人力之上。透过一双中年之眼望下去，有敬有畏有爱惜。

除了"俯看""声从"之对偏宽，别无不妥——也可以理解这副流水对的摹写主角是一个，即上联中的"江湖"，"钟磬声"是形容江湖之声，顺着讲叙而已，如刻意求工反而不自然了。全联暗喻恰切，写来似毫不费力，足见作者功力。

作者邓林，新会（今属广东江门）人，明太祖洪武二十九年（1396）中举后，拨任浔州府（今广西桂平）贵县教谕，掌管祭祀，给秀才上课，相当于省属高校教师。期满后，回到北京，他应命预修《永乐大典》。这是邓林一生中的高光时刻。这件大事一共用去他 5 年的时间。随之被派到南昌，仍行教谕之事。

几上几下，积累下的政治资本，使他回京后担任了吏部验封司、稽勋司主事——类似于业绩测评的两个部门，顺带兼职测评后的判决和后续官位，有一定的权力。官场复杂，文人单纯，加之情商堪忧，所以好景不长——大约在明宣宗统治时期（1426—1435），因得罪权贵，他被谪到杭州。

人真是奇怪的动物！人与人的区别，有时比人与猪的区别还要大一些：有人喜欢朝高处爬，逼着自己去做一些自己也不愿意做的事，只为了站在最高处睥睨天下那一刹那的感觉；有人则喜欢平平淡淡窝在低处的角落，

"双峰插云"碑亭

做自己喜欢做的事，只为对得起自己的心。邓林显然属于后者。

所以，由高到低，降职杭州，坏事反而变成好事。应付不了官场那一套，就干脆不应付了——他庆幸得以逃脱劳烦的"蛛网"，过起绸缎般的好日子：结交了许多跟他一样的纯粹文人，他们志同道合，常结伴出游，吟诗作对，唱和甚富。杭州名士田汝成在创作《西湖游览志》时，采用了很多他的资料。下面我们就会欣赏到田先生的楹联佳作。

南高峰——草莽谁领一山秋

北高峰有山路通向南高峰——山路不长，也不陡，走起来很舒服。

南高峰较北高峰略低，古时两峰山巅都造有佛寺、佛塔。春秋佳日，岚翠雾白，塔尖时隐时现，气象万千，所以生出"双峰插云"一说，并跻身于"西湖十景"之列。

相对于北高峰，南高峰显然更"野"一些，没有索道，也没有财神庙。它虽说看起来比较草莽，却自带一种仁义朴实的味道。山上辟有一处拍摄雷峰塔和城隍阁一线的机位，是一个人工的小平台。每每天气不错时，就会有摄影爱好者，远远近近来到这里。

尤其是秋天，南高峰特别好看——它脚下有"满陇桂雨"。想想"桂雨"这两个字，天地都起了秋意，十万株桂树，秋天一来，这里就香得化不开，丹桂、金桂、银桂、四季桂，色色吐艳，融掉了秋天本该有的肃杀。

这是躺在典籍里的一副题南高峰的楹联：

两脚不离大道，吃紧关头，须要认清岔路；

一楼俯瞰群山，占高地步，自然赶上前人。

——〔明〕田汝成撰

联意谓：（登山时），两脚不要离开大道，在紧要关头，千万不要糊涂，须认清岔路别走错；待登到很高的地方，可以俯视群山，尽览风光，占据高处地形，自然就赶上前面的人了。

这副联题山视角独特，不费笔墨于山，而紧扣"登山"主题，缓缓道来，暗含大道——说的是登山不假，更是漫步人生的写照。

作者笔转意绕，颇具巧思，像提醒，也是鼓励。可惜，这么好的楹联没有题刻，可能因为不切题吧，用在哪里都可以。赞美所咏的景色固然好，这类富含哲理的楹联增所赞之物的格调，勒石以志，供人玩味，如此偶一为之，也未尝不可——没准儿游客还觉得挺新鲜。

南高峰骋望亭上原先有副对联，借用王安石《登飞来峰》的诗句："不畏浮云遮望眼，只缘身在最高层。"可惜如今不在了。但因这里古来就负有盛名，积累下来的好楹联特别多。这副联也似受了王安石诗句的启发。

作者田汝成，明朝嘉靖年间的进士，地地道道的杭州人。他酷爱古文，著述良多，是作家，还是民俗学家，辗转为官，足迹遍及江苏、广东、安徽、贵州、广西、福建等地，特别喜欢研究各地的风土人情，著述多种。

归杭后，田汝成绝意仕途，盘桓湖山，遍访浙西名胜，撰成《西湖游览志》24卷，《西湖游览志余》26卷。

《西湖游览志》以记西湖山水胜迹为主，对每一名胜古迹详载其兴废沿革，广为收集历代文人骚客歌咏西湖之作，尤以人物的历史掌故最为详核。《西湖游览志余》是个"意外收获"——在编辑《西湖游览志》的过程中，他不经意搜集到一些超出西湖范围的材料，于是加以整理，竟成另一本大作。

宋元以来记载杭州地理名胜、社会风俗的作品不少，但都偏于记载史实。《西湖游览志余》则主要讲了一些掌故轶闻，有些还被改编为白话小说。

这两部书保存了许多正史所不载的资料，可以弥补正史的阙略，是研究杭州地方史的两部重要文献。

烟霞三洞即石屋洞、水乐洞、烟霞洞，位于南高峰下的烟霞岭上。四眼井对面有一条小路，行约 500 米便是石屋洞，洞中有洞，洞洞相通，无不阔朗如厦。洞外左侧，有座名叫"桂花厅"的茶餐厅，桂香漫天，高高低低，护拥着一副楹联：

石屋洞桂花厅

向日分千笑；
迎风共一香。

——唐太宗诗句　顿立夫书

联意谓：向着太阳，花朵张开千张笑脸，它们迎风招展，发散出的香气拧成了同一股香。

联语出自唐太宗李世民的《咏桃》诗："禁苑春晖丽，花蹊绮树妆。啜条深浅色，点露参差光。向日分千笑，迎风共一香。如何仙岭侧，独秀隐遥芳。"

满陇桂雨

"笑"，以及"分"和"共"，字选得真好：花的
妩媚呼之欲出；而上联的一纵，纵得痛快；下联的一收，
收得漂亮，使得楹联雄强奔放，张力十足。联语朴茂渊雅，
有先秦文学的影子。

石屋洞是当得起这个描述的。

到底是一代圣君，气魄不是一般的大，气韵也足，
将意象运用到了浑圆的地步，甚至带有了侵略性，与他
所打造的帝国风范很一致，同时带有那个时代的灿烂华
美。其中，花香成为情绪的延伸，将读者的想象送到很
远的地方。

唐太宗本身就是个传奇：本无资格即位，却弑兄挟
父，接下大好江山。他一辈子打打杀杀，武风彪悍，却
也斜风细雨地喜欢文化，涉猎很深，平时组织个书法比

赛、诗歌比赛、朝堂命题、即景赋诗什么的，都不在话下。

其实，早在登基之前，为秦王时，他已在自己的府邸开设文学馆，召当时名士 18 人为学士，时常搞个文艺沙龙；刚登帝位，就在殿左设置了弘文馆，命内学士轮番宿值，自己则于处理国家大事中间短暂的休息时间，与之讨论典籍，杂以文咏，乐此不疲。

他狂热地热爱文艺，满腔热血投入诗歌和书法创作，并达到了一定的高度，因此有了"贞观之治"24 年。如古人所言，"有唐三百年风雅之盛"，唐太宗是有开启之功的。

或许《咏桃》这首诗就是游园兴之所至，信手拈来，百般温和，与其血淋淋的生命来路形成映照。或许，人天生具备的复杂性，反而需要各种元素相互补充，才能自我协调，活得不那么分裂，不那么累。

玉皇山——苍苍王气卷繁霜

没错，这就是那座山。

由西向东直行，距离南高峰四五千米的地方，就是它了。

这一片，小山密布，山山都是对方的山外青山，本不稀罕，但前人信形家之言，认为这座山山势如龙，所以叫它"龙山"。每每登临，目力所及，钱江如锦，西湖如镜，境界壮伟高远，有"万山之祖"的美誉，又有"玉皇飞云"位列新"西湖十景"，同时，还以遍藏古迹而称胜：钱王郊坛、南宋郊坛、慈云岭造像、慈云禅寺旧址、天真精舍（书院）旧址等遗墨如珠，散落在山间道旁。

玉皇山本为道教圣地，古代每年农历春节至清明的一段时间，杭嘉湖一带，以及苏州、无锡等地的香客蜂拥而至，福星观龙殿前香烟缭绕，人头攒动，盛况空前。

它曾因苍苍王气，聚百朵富贵，缤纷灿烂，如云罗伞盖，护往日风采，如今深树滚滚，凝万片繁霜，素衣如悼，如大兵压境，虽说落魄孤独，却还不怒自威。

七星亭

七星缸，八卦田，紫来洞天，皆神工奇构；
东浙潮，西湖景，龙山胜迹，极武林大观。
　　　　　　　　——李理山撰　朱其石题

　　这副联赞美的是玉皇山的几大名胜，以及杭州城的几大胜景。杭州城的几个众所周知，下面说说玉皇山的这几个：

　　七星缸。相传，旧时杭城火患频频，清朝雍正年间，在紫来洞边铸造了七只大铁缸，排列如"北斗七星"，以镇火龙，称为七星缸。直到如今，杭州人还有句老话——"七星钉飞龙，只差水一桶"，就是指的这个故事。

　　八卦田，如今有人认为这是籍田，其设立为的是祈年和劝农桑；也有人认为，这是一个比皇帝重农亲耕籍田礼制更高，更具重要性的活动，是皇帝祭天的地方。它齐齐整整有八只角，将田分成八丘，八丘田上种着八种不同的庄稼。一年四季，八种庄稼呈现出八种不同的颜色。在八丘田当中，有个圆圆的土墩，是半阴半阳的一个太极图，据考证，曾经比今天的三层楼还高一点。这种大地的艺术被中国人挥洒到了极致，其规格应该在祭先农神的籍田之上。

　　相传，金兵强攻，汴梁失守，皇帝赵构带着一大群皇亲国戚、文武百官，从黄河边一路跑到了江南。他在临安建宫殿花园，乐不思蜀，还颁诏天下，在玉皇山西南面，开辟了这块皇家八卦田。

　　可以想见，初春，八卦田微微泛着一层青，到收获季节，则赤橙黄绿。皇帝像珍惜自己丢去一半、不可多得的版图一样，苦心经营着这"一亩三分地"。每逢孟春、孟夏、冬至等时节，皇帝便率文武百官，带着各色敬天之物，前来祭祀。场面之盛大足以激动人心，而为百姓所乐见——秋天除外，古历九月，皇帝会在净明院行"屋祭"之礼。

有个老谜语说："小小诸葛亮，独坐军中帐。摆下八卦阵，专捉飞来将。"八卦阵就是九宫八卦阵的简称，这谜底是蜘蛛，说它摆下"九宫八卦阵"捉飞虫。籍田的样子就是八卦阵的样子，精巧非常，的确不负"神工奇构"的赞誉。

紫来洞天，即紫来洞，位于山腰，一个主要特点是异常凉爽，即使40多度的大热天，洞里的温度也常常很低。紫来洞宽敞开阔，大洞套小洞，一共有三层，被誉为"西湖七大古洞"之一。

本联作者李理山曾在洞内长期修炼，武功高强，慷慨仗义，后来成了玉皇山福星观住持，为一代高道，且极具博爱和刚性——后来有日军侵略杭城，百姓无家可归，他开放石洞，接纳了他们，并购买粮食和衣物，保障了大家的生命安全。收容总人数达到5600多人，时间有一年多。

楹联表面上无题，实际上有题。所以，楹联的精髓是切题，如此最理想了。这一副只能用于玉皇山，挪作他地完全不适用——人文景观、历史地理等方面，种种天成之巧，不用白不用，遂成妙联，切题切地切物，易一字也难。

李道长出生于清同治年间，幼年时就成长在这里，这座山对他来说，意义如同故乡。与浮光掠影的游览相比，他对这座山的感情自是与众不同，那些值得观赏的地方，自己用来造福百姓的地方，闭着眼睛都能摸过去。在下联中将自家的"龙山胜迹"与"东浙潮""西湖水"相并列，是掩饰不住的热爱和自豪。

如今一路登临，会遇见不少古建遗迹，累累残砖剩石，从五代到清代，不一而足，而净明院、龙华寺等片瓦无存。遥想当年，远近俯瞰，应是一片屋顶：山门、大殿、献殿、中轴线、大小配殿……那些满载灵秀的建筑，密密麻麻，寸土寸金，而交楼、亭、台等则从这片屋顶阵中冲杀出来，参差高下。

时间最会暗中偷换，兵不血刃玩转乾坤大挪移，后来者只能望洋兴叹。

什么都没有了，只有天地如故，还有夏至秋分彼落此开、柔肠百转的花朵——蜡黄的石蒜花，血红的彼岸花，喜悦又忧伤、有情而无情地占领了山野。

敷文书院（万松书院）
——书可明心天下阔

　　玉皇山、凤凰山首尾相连，旧时，两座山合称"龙飞凤舞"。

　　凤凰山一面临水（西湖），三面环山，敷文书院就位于凤凰山北万松岭上。南宋时，皇城就在书院的旁边。

　　敷文书院是清代浙江省唯一的一所省会书院，其前身是明代的万松书院，后历经毁建，数度更名，现又恢复。敷文书院位居杭州四大书院（敷文书院、崇文书院、紫阳书院、诂经精舍）之首，为杭州规模最大、历史最久、影响最广的书院。

　　唐代白居易、宋代苏东坡都曾是这里的常客，与寺僧谈禅说理之余，都留下过笔墨。明代王阳明，清代朱彝尊、俞樾在此讲学，清代袁枚在此就读……千年之下，名家荟萃，不可计数，他们以书明心，烛照前路，走向了四面八方。

　　还有个传说：梁山伯、祝英台当年就是在这里相遇，"同窗共读整三载"。传说比真实的故事更加脍炙人口，因此这里如今成为了著名的爱情圣地。

浙水重敷文，看此山左江右湖，千尺峰头延俊杰；

英才同树木，愿多士春华秋实，万松声里播歌弦。

——〔清〕蒋益澧撰

联意谓：浙江这个地方特别重视文化，看这座山（凤凰山）左边是钱塘江，右边是西湖，高高的峰峦上，书院静立，培育了众多俊杰英才；他们如同树木一样，蓬蓬勃勃，一代又一代无穷无尽，祝愿他们学问精进，春天开花秋天结果，在奔涌的松涛声中，将学问广为传播。

三分句中经典的五七七句式，首句各以"浙水"和"英才"大词起兴，出口豪壮；中间分句各以"看"和"愿"引领末句主语，散律随心；结语雄强舒展，肆意放飞——像一个人，戴顶体面的帽子，粗臂膀，细腰，颀长有力的腿脚。身形好看，看上去是舒服的，而最怕后两句平均分配，嫌呆板。此联行文则章法合理，强弱相当，既有尘土味，又有光阴感，一颗天真之心，固执，热烈，将书院歌颂。

清同治元年（1862），29 岁的蒋益澧志得意满。

这一年，他上任浙江布政使。两年后，受命署理浙江巡抚。当时，浙江久经战火，经济凋敝，财政拮据，社会秩序一塌糊涂。他肃清动乱，核减漕粮，酌减关税，又浚湖汊，筑海塘，兴修水利，使农、工、商业都有一定的恢复。同时，蒋益澧毁淫祠，设义学，补乡试，增加书院经费，修复名胜古迹，兴办慈善事业。还特拜杭州名士为师，虚心向学。

又两年后，他调离浙江，当了广东巡抚。清朝时期，充斥着大量巧立名目的陋规。这些陋规，肥了官员的口袋，加重了民众的负担。他却不顾官场潜规则，将这些全部充公。

这下子动了两广总督瑞麟的"蛋糕"——其在广东卖缺纳贿，毫无顾忌。瑞麟一怒之下当即弹劾蒋益澧。就这样，仅仅当了一年广东巡抚，他就被迫离开。

蒋益澧不是科甲正途出身，凭借进剿太平军立下的累累战功得以步入官场——这一点，与他的老乡、湘军老将左宗棠相似。他喜爱文艺，长于撰联，这一点，与他的老乡、湘军老将彭玉麟相似。作为热血青年，他投身战场，屡立奇功，收复杭州，善治浙江；转任广东，多有善政，锐意改革，团结客家人，不惜得罪权臣……无论何时，中国都需要持正义、有担当的官员。

入则孝，出则悌，守先王之道以待后学；
颂其诗，读其书，友天下之士尚论古人。
——〔清〕朱彝尊撰

在家孝敬父母，在外友爱兄弟，执守儒家之道，待后来人传承。颂先哲诗文，读圣贤之书，与天下有志向有学问的人士相结交，一起学习古人的经典。

这是朱彝尊的初心所在，也是他一生的追求。

朱彝尊文藻卓绝，知识渊博，既是文学宗匠，亦是学术大师，他杂而不芜，精研经学、史地学，开浙西词派，为隶书大家。

他是明代大学士朱国祚的曾孙，世受国恩，反清受挫后，在半百之年飞黄腾达，侍奉在清朝皇帝左右，协助处理国家大事，还特赐他紫禁城内骑马，这在大清一朝可以说是最高的荣耀。后来因私抄孤本犯了小错，他辞职回家，专心著述，了却残生。

然而，他也有"软肋"，据说朱彝尊与他的小姨妹有染。

17岁时，他离开故乡嘉兴，入赘到湖州一个县学教谕的冯姓人家，妻子福贞15岁，为冯家长女，而后来与他暗生情愫的妻妹乃是冯家三女寿常。寿常33岁就香消玉殒，朱彝尊却刻骨铭心记了一生。

作为文坛巨擘，他写有很多描写小姨妹的作品，且还专门写了四百言长诗将情事和盘托出。81岁时，他编自选集，有人劝他将有损形象的诗词删除，他坚决不听，宁愿被后世诟病，也要保留那份真情。

在中国文学史上，真正的爱情诗词并不多见——一则国人对于情感的表达向来内敛含蓄，二则文人珍惜自己的羽毛，虽处处留情者时而有之，却大都隐晦不彰，以美化自身形象。朱彝尊却从不避讳这段情爱，不惜赔上自己的一世文名。这真是难得的勇气。

一位中国文坛的宗师级人物，如这副联中所示，他遵循孝悌，敬慕圣贤，一心纯稚做学问，却因私德有缺，不入正史，至今墓既不存，诗亦寂寞——有几人能完整背出这位词宗的一首小词、一副楹联？不能不说是一大遗憾。

六和塔——扭住月轮锁大江

　　杭州的塔很多，个个有故事。比如保俶塔有个钱俶，雷峰塔有个白娘子。都说"雷峰似老衲，保俶如美人"，其实这后边还有一句，"六和是将军"，六和塔有个鲁智深——据说鲁智深就是在六和寺圆寂的。当然，看上去，它也像个将军，护卫着一城百姓。

　　六和塔，位于距西湖约3千米处的月轮山上，毗邻钱塘江，造型饱满，气势雄阔，一如豪放派宋词。它的设计者为建筑大家梁思成，于民国时期重建，大雅犹存。来自古老建材的温暖和生命力在岁月掌心留下了深刻的印记。

　　六和塔始建于北宋开宝三年（970），也是当时的吴越国王钱俶所建。当时此地是他的南果园，他舍园建塔，目的为镇潮。

　　这里会形成气势磅礴的自然景观——钱江涌潮。仲秋前后，看六和塔将月轮扭住，甩得潮汐呼啸来去，直将一条大江当成了自己的主场。那观感，不比世锦赛看球差。

潮声自演大乘法；
塔影常圆无住身。

——〔清〕乾隆题

联语清浅，立意深婉，读来安心，内含佛家教义：钱塘潮声宏大，演绎着大乘之法；六和塔影子沉着，如如不动，妥当安稳，圆了多少身为"不系之舟"俗世之人的梦。

六和塔巍峨壮美——塔檐自下而上逐级缩小，翘角上挂了 104 只铁铃。檐上明亮，檐下阴暗，明暗相间，如音节一样和谐，整座塔如同飞檐、斗拱、椽子层层搭就的一座空中楼阁。就这样，一座色泽青灰大塔，身材粗重，表情老实，不可思议地站在钱塘江边。

大潮肆虐，一如猛兽，谁听了都会顿觉自身的微不足道。即便皇帝也不例外。

上联所提的"大乘法"为佛教教法之一，即大乘佛教，强调一切众生皆可成佛，一切修行应以自利、利他并重，是"菩萨"之道，故称"大乘"，而以主张自我解脱的教派为"小乘"。这里以演绎大乘法来比拟江潮的威力。

下联说的"无住身"是世人对自己身体的一个说法，所谓"东南西北无住身"。命运如潮，人的一生大都飘飘荡荡，身不由己，不能常驻在一个地方。而六和塔的沉稳雄健让人产生心神安定的感觉。

有些凝重，有点悲哀。不太像作者本人常表现出的情状。

烟雨六和塔

作者乾隆皇帝，典型的"文艺中年"，写的诗达到一万首。但有点遗憾的是，他的诗好像都不是很出名。这可能与他的审美有关——看看他老人家喜爱的瓷器吧，大都像穿着碎花大棉袄的大眼睛姑娘。比如，那个著名的"瓷母瓶"，器身自上而下装饰的釉、彩达 17 层之多，从网上搜出照片来看看，你会觉得这个皇帝怎么那么可爱。美则美矣，相较于父亲雍正喜爱的清新古雅和祖父康熙喜爱的沉着挺拔，他的审美上有着太大的不同。

或许基因出了问题，但更可能事关他的经历——祖上打下江山，父辈坐稳江山，到他这里，已然国力丰足。锦绣堆里长大的孩子，总将一切看成糖果色，五彩缤纷。天天开心，事事如意，看什么都好，难免把审美换了跑道——跑偏了。

然而他写的楹联还是蛮不错的——在他执政的时候，有个大臣名叫纪晓岚。每当他闲下来，就喜欢把纪晓岚叫来对对联。也许因为用心多，留下了不少比较有名的对子。我们走到哪都能看到一些。

龙井——喜匀春雨细分茶

西湖西南面的风篁岭，相传东晋时，葛洪曾炼丹于此。此地有泉，大旱不涸，人以为与海通，其中有龙，所以起名为"龙井"，又叫"龙泓"或"龙泉"。

现在人们称龙井，已非井名、泉名，而是指由此衍生出的龙井寺、龙井山、龙井村、龙井路等地名，同时，这一带所出产的绿茶，也因之被呼为龙井茶。

清明前后，细雨纷纷，春色盛大，万物洁齐，水也澄澈，井、泉、湖、溪，明眸善睐，百般流转。

据传，宋代辩才法师自上天竺退隐龙井寺后，组织僧徒开辟茶园，培育出了西湖龙井。无论传说是真是假，辩才法师这个人是真真切切存在过的。

辩才亭

辩才真法师；
于教得禅那。
——〔宋〕苏辙撰　宋柏松书

法师涅槃，骨塔落成，其生前好友苏轼请弟弟苏辙为之撰写塔碑铭文。

此联摘自铭文前两句。

"禅那"为梵语的音译，有多重解释。这里指心处于极专注的状态，而得定、慧，定慧均等之妙体即"禅那"。禅那的一个重要功能就是专门来对治欲贪，帮助我们消化、消灭"瘾头"。

欲贪跟欲乐不太一样——欲乐是感官上面愉快的经验，比如身体接触到令人愉悦的触感，舌头品尝到好吃的滋味，眼睛欣赏到赏心悦目的风光。欲是指感官方面的；乐，是指愉快的经验。并不是所有的欲乐都有问题，很多欲乐不会上瘾，也不一定会产生出欲贪。

可如果用不正确的方法去应对欲乐，开始对欲乐产生出不当的幻想，对未来的欲乐饥渴难耐，或对曾发生过的欲乐怀念悼念，就是欲贪了——所谓"瘾头"。

瘾头是造成绝大多数痛苦的源头。

而得了禅那、成就三果的圣人就成功将欲贪完全斩除了，体验到宽广无边的自由，以及非常深细的快乐，即解脱的滋味。

苏辙高度评价了辩才法师，说他精神专注，不涣散，身体深刻地放松，不让亢奋感入侵身体，止息了欲贪，达到空的境界。

这个写法很印象派，都没有点到就止了。然而感觉其中含义无穷大，简直可以写一部凝聚作者毕生所学的哲学大著。

苏辙是苏轼的弟弟，性情沉静雅洁，文字气势宏大而淡泊，是中国文学史上著名的"三苏"之一。与他的兄长一样，他从岷江出发，一生走过黄河、淮河、大运河、大明湖、西湖等，几乎走遍中国的大江大河和大湖。

兄弟二人感情深厚，在苏轼的许多诗篇中都有所体现，看苏辙的文字也可窥一斑——兄长在杭州任上，弟弟很可能也来这里拜会过兄长，甚至跟在兄长后面，拜会过兄长的朋友们。他们在一起谈笑风生，题签处处，成了彼此敬爱的朋友。

过溪亭

三笑曾留遗迹；
片时暂息行踪。

——佚名撰

联意谓：名士们的佳话曾留下了遗迹，即便是极短的时间，这里也能让人暂且歇息身心，隐去行踪。

联内并未赞美景色，四围之旖旎已足可想象。

过溪亭又称"二老亭"，檐下滚滚云纹，述说着高僧辩才和文豪苏东坡以诗结友的千古佳话。

乾隆六下江南，先后四次巡幸龙井，寻山问水，观茶作歌。这种次生的传说，相较原生的故事更模糊了棱角，不见真实，虚构的意味太强，讲来无味。

送客不过溪的趣事还是有踪可循的：

过溪亭

相传东晋高僧慧远居东林寺时，送客从来不过虎溪。有一天，处士陶潜、道士陆修静来访，朋友们相谈甚欢，慧远后来相送时，不觉过了虎溪，忽然听到老虎啸叫，三人方惊觉破了例，而后大笑而别。

在这副联中，"三笑"用来借指辩才法师送苏轼过溪的事。

苏轼在杭州任职的前后5年时间，常到龙井，与隐居此地的辩才法师秉烛高照，微笑分茶，谈天说地，赋诗对联，有时竟至通宵不眠。音实难知，知实难遇，那真是他们一生中难得的幸福时光。

这个典故最初出自苏东坡自己的叙述。他有幅行书字帖，是给朋友的一封信：

辩才老师退居龙井，不复出入。余往见之。尝出，至风篁岭。左右惊曰："远公复过虎溪矣。"辩才笑曰："杜子美不云乎：与子成二老，来往亦风流。"因作亭岭上，名曰"过溪"，亦曰"二老"，谨次辩才韵赋诗一首。眉山苏轼上。

日月转双毂，古今同一丘。惟此鹤骨老，凛然不知秋。去住两无碍，人天争挽留。去如龙出山，雷雨卷潭湫。来如珠还浦，鱼鳖争骈头。此生暂寄寓，常恐名实浮。我比陶令愧，师为远公优。送我还过溪，溪水当逆流。聊使此山人，永记二老游。大千在掌握，宁有离别忧。

元祐五年十二月十九日

大意是：辩才老师隐居在龙井这个地方，不再轻易出入。我去看望老友。他送我到风篁岭。其他人见了，都很吃惊，说："老师您怎么过了虎溪啦？" 辩才笑着说："杜甫不是说过嘛：与子成二老，来往亦风流。"为此，他在岭上建了一座亭子，取名"过溪亭"，也叫"二老亭"，辩才老师以此为题材作诗，我依韵和诗一首。

日常爬梳书法史，每见传世碑帖，很多都是信札，随便写就，信手寄出，所以面目天真自然。这样的私人信件，就像匠人不经意留在塑像上的指纹，看见它们，才知道那些人真实地存在过，而不是课本上的文字。

事物有趣，记录清新，切近、鲜活如斯，读来如与古人面对面。这样的人曾活在世间，在你我此刻站着的地方流连过，来来回回相送过，就像他刚走你就来了，殊不知已跨越千年之久，叫人怎能不怀想？

振鹭亭

夜壑泉归，渥洼能致千岩雨；

晓堂龙出，崖石皆为一片云。

——〔明〕张岱撰　曾翔书

上联以实景写泉，谓四周山壑之雨水全都汇聚于龙井，点明龙井泉水终年不涸的根源；下联以传说想象写龙，谓壑底潜龙飞腾时，周围山崖岩石都在云雾遮裹之中。龙井虽以泉著名，而其神奇全在乎有"龙"。

"渥洼"为水名，传说是产神马之处。马、龙、云、雨等意象入联，则联具见风雅。

说手笔大，不在于所撰楹联长短，也不在于其载体大小，而在知识储备、修养几何、胸次大小等。小亭寂寂，有雄阔笔一点，即奔马游龙。

这应该是作者游玩之后兴之所至的作品。

明崇祯十七年（1644）之前的张岱，美妓姣童，诗酒歌吹，日月长，天地阔，闲快活……妥妥一个"贾宝玉"。

明代最后一位皇帝崇祯自缢整整 10 年后，57 岁的张岱回到了已阔别 10 年的杭州。

据张岱记载，他曾跟着祖父张汝霖第一次来杭州，遇到祖父的好友——著名文学家、书画家陈继儒（号眉公）。

当时，眉公骑着张岱祖父赠送的大角鹿。一时高兴，他对张汝霖说："听闻你孙儿擅长属对，我来考考。"

于是，用手指着屏风上的《李白骑鲸图》出上联：

"太白骑鲸，采石江边捞夜月。"

不料，6 岁的张岱很快对出下联：

"眉公跨鹿，钱塘县里打秋风。"

"打秋风"有利用关系索取财物之意，暗指角鹿为祖父所赠。

撰联讲究厚积薄发——无深厚根底，不能诵百千经典诗篇，又怎言妙手偶得？出句尚可天马行空，对句便被拘锁双翼。张岱的对句与眉公的出句对偶工整，还带着几分揶揄嘲讽，眉公不以为忤，反而抚掌大笑，开心地跳起来。

作为一代文章大家，张岱盘桓杭州 40 余年，水尾山头，无处不到。所以他的作品——包括楹联——题材涉及方方面面，有抒情，有实录，传神写照，繁简不一，皆美好动人，如百花百样百香，堪称杭州最出色的"导游词"，也算是为一方土地"立志作传"。

九溪——三千溪涧谱鸟鸣

"九溪十八涧，西湖最胜处。"九溪位于西湖之西的群山之中，溪水源于周围群山，何止 9 处？山里每一条沟壑都是溪涧，更何止 18 条？

美则美矣，也颇有讲究——想想九溪深处的一个个村庄，其实都坐落在古人喜爱的风水宝地上——古村落的选址，自然山环水绕，资源充足。

一个长期待在都市的人，应该抽时间走出去，到山水自然中间，哪怕沾染一点草木的气息也好，在宁静里获取一回观照内心的机会。

这里的时日是缓慢的，太阳像在爬一个长长的大坡，从清晨到薄暮的距离似乎比山外的长出整整一倍来。郊野特有的甜丝丝的腥气拥抱所有，而高山青，涧水蓝，千树盛，百鸟鸣，说神仙住在这里都不会觉得奇怪。

当年，曾有一副对联描述此地风光。惜墨宝无存：

重重叠叠山，曲曲环环路；
叮叮咚咚泉，高高下下树。

——摘清代俞樾诗句

出处为清末学者俞樾文集《春在堂随笔》中的一首长诗《九溪十八涧》："九溪十八涧，山中最胜处。昔久闻其名，今始穷其趣。重重叠叠山，曲曲环环路。咚咚叮叮泉，高高下下树。……"

而宋代诗人徐俯《卜算子·天生百种愁》"柳外重重叠叠山，遮不断、愁来路"的词句，或宋代诗僧释子益《颂古十一首》"面前坦坦平平路，背后重重叠叠山"的诗句，也许给了这位辞章大匠以灵感。

联内有山，有路，有自然之声，有草木之影，有视与听、动与静的对照，有没有写出的愉悦的人……这里，也同样埋伏着我们每个人的愿望：与自然为伴。虽然小之又小，却难以实现——世间脚步都太忙、太急了。而这样简单的白描，如同一朵山野之花，静静地，独自开放。

俞樾的楹联常常给人"异"的感觉。这个"异"不是别出心裁，也不是另类，而是"异质"环境、"异质"人生与"异质"思考下的异样作品。他很少参与异样的语言挥霍，更与所谓技术性写作绝缘。由经验、生存、理念控制的微妙分寸感，成为他题诗联的腕力。

因果、转折、描写、抒情、比喻、隐喻、伏笔、点题……这副联它都没用，几乎什么都不是，什么都不讲述，就好像只在里面走，看见了山，看见了路，看到了泉，看到了树。山重重叠叠，路曲曲环环，泉叮叮咚咚，树高高下下……嗻，这样念叨念叨这几样东西就高兴，是不是？

大自然的神秘就在于此：它叫人愉快，而从不昭示绝望。

这里甚至没有像样的、整饬的景点，就那么散着，无名着，自然安排着，庸常摊开着，似乎没有发生过故事，没有多少历史。可是一如往昔、没有故事，就没有历史吗？有的。它的历史就是差不多的山、路、泉、树，平凡，真实，素面朝天，从古到今没太改变，没有发生过值得记录的事件，也没有产生一位名标青史的人物。

或许，真实的平凡才是历史——千古绝唱只是胜利者给自己锻造的勋章。而历史在被讲得催人泪下之前，本来就是这么素面朝天的。

楹联大家的功力正在于此，他对日常生活进行不停的拆解、打磨、提纯、重构和命名，顺应自然，顺应人世变化、苦难或欢乐，他都把它们作为生命的馈赠，一种必然接受的命运，然而不张扬，不激烈，对什么都节制着，发出呢喃、梦呓、春风抚慰沧桑大地一样的声音。

林海亭

九溪从之江路处往"九溪烟树"碑亭的路上，有座开敞式路亭，建于清末民初，两面封闭，两面开放，主要供行人歇脚。

亭内石柱上有 4 副古联：

小住为佳，且吃了赵州茶去；
日归可缓，试同歌陌上花来。
——〔清〕樊增祥撰并书

"柴米油盐酱醋茶"之茶，"琴棋书画诗酒花"之花，碰撞到一起，该激发出怎样的楹联火花来？

当年，唐伯虎曾写过一首言志诗："琴棋书画诗酒花，当年件件不离它。而今般般皆交付，柴米油盐酱醋茶。"说的是当年的大雅变成而今的大俗。雅俗合一，作者却翻出了一番禅意、别样诗意。

联语温柔，像一个佛教徒的祈祷，或送别之人的祝福。虽说各花入各眼，人们眼里的美景、心里的美意不一而足，但这个世界上，就是有一种美，无论是谁都会觉得美。那就是温柔之美。

上联含一个佛教典故：赵州禅师为唐代高僧，以"吃茶去"一句口偈来引导弟子领悟禅的奥义。生命的本质本是孤独，而有无数谜题，一些负面的沮丧、空虚、无力感，都随着阅历与年纪的增长而有所出现。然佛家举重若轻，会将一切都化成轻轻一句"吃茶去"，其间不见主语，抹去定语，一切大是大非、大悲大喜也删掉，安安静静、对任何事物都不做分辨，混沌一团的安静、淡淡的喜悦，才是活着的本相——那些芜杂的东西被去除掉以后，水落石出，只见着一个纯粹的生命状态，凝注在简单的事情上："吃茶去"。

下联也含一个典故：五代时，吴越国的建国国君钱镠自小家境贫寒，读书不多，但拼力创业，渐有积累，终于成就大业。未发迹时，他曾娶有妻子，两人恩爱极笃。称王后，他不弃糟糠之妻。一年春天，妻子回娘家省亲，钱王思念，写信给她说："陌上花开，可缓缓归矣。"铁汉柔情，格外动人。

"吃茶去"是禅意，"陌上花"是诗意，作者的组织调遣又让字词的原意扩大，掺入每个人的生命经验中。你慢慢读来，精神凝注在两列字上，那些不好似乎存在过，又似乎没存在过，那些好却依稀浮现，一如眼前茶，陌上花。生命的本意就是珍惜那些难得的一期一会，就像读着这副联的此刻，内心安宁幸福，就够了。此刻的幸福就是永恒的幸福。

作者樊增祥，湖北恩施人，家贫，父母翻身心切，将他当女儿打扮，闭门学习。但他因酷爱课外书而误了功名。幸好 32 岁赶上科举末班车，中了进士，再幸遇恩师张之洞，从此步步通达。

他晚年闲居北平（今北京），曾为梅兰芳修改戏词，助其腾升，遗诗 3 万余首，骈文上百万言。诗作艳俗，有"樊美人"之称。早年贫困无书可读的窘况，刺激他后来大量购书籍和书画，称一代藏书大家，竟至 20 余万卷之富，书画、碑帖之属，则达 10 余巨簏，其中徐渭、八大山人等人的真迹，直接启发了偶然造访樊家的齐白石从工笔转成写意，并一举大成。樊增祥以富贵与 85 岁高龄谢幕人间。

无论是谁，都是难时难，易时易，兜兜转转过一生。

> 高柳垂阴，老鱼吹浪；
> 晚花行乐，小舫携歌。
> ——改南宋姜夔词句　张载阳书

柳垂荫，鱼吹浪，花开行乐，船行携歌……说的是静物和景物，其实是说人的快乐。柳是高大的，鱼是肥大有年岁的，花儿是晚间开的，船儿小小的，可以想见：那人乘船在柳荫、鱼浪、晚花、清歌中穿行……日子一天赶着一天，是一般人天天过着、又不自知的甜。

那种甜真缠绕，顺着牙根一直甜到心里。

"高柳垂阴，老鱼吹浪"：语出姜夔《念奴娇·吴兴荷花》词："高柳垂阴，老鱼吹浪，留我花间住。"

"晚花行乐，小舫携歌"：语出姜夔《凄凉犯·合肥秋夕》词："追念西湖上，小舫携歌，晚花行乐。"

此联章法干净简练，不蔓不枝，却没有拘束感，而小景用雅词，不夸不浮，有节制，显见作者功力。

姜夔那个人，在乐趣无边的南宋如鱼得水，玩得痛快。不仅诗词，他的散文、书法、音乐水平都蛮高，创作力之盛让人咋舌。他还可以自己写词自己作曲，抱上琵琶就能唱。厉害了。

然而，一直稳定地穷。年少时，原生家庭就穷，到长大结婚了还穷，老了穷，以至"穷不能殡"——死了都出不起殡。穷出花儿来了。

江西人在临安，他耽于享乐而逐年困顿，直到嘉泰四年（1204），一场大火烧掉了南宋中书省、枢密院等中央机构，连带两千多民户也遭了殃，姜夔的房子不幸在列。

一生放纵不羁爱自由，可没人原谅啊，也没攒下资财。原本可以像柳永一样，做个自由唱作人，达成中产还是绰绰有余。青春不为流年计，到最后，因灾致贫，雪上加霜，他活不下去了。

火灾10年后，姜夔离世，竟只能靠朋友吴潜等人捐资，才勉强葬在钱塘门外。这是他居住了十多年的地方。

话又说回来，他死后再无钱出殡，躺倒后也只占三尺之地；他生前再困顿无着，也还是看过了那么多的美好之物。比如这副联中所述。

林深每得六时荫；
海静常涵万象天。

——李根源撰并书

相较著名景点，面对野风景的直抒胸臆更带有民间文化似的敞亮。不精致，没经润色，信口开河，蛮不讲理，不能自圆其说……但是，美。

带着缺陷的缺陷美，常常更生动，也更朴拙。

如同景点楹联常常依附在建筑上，我们因此常常先打量建筑、再打量楹联一样，作者未落笔时，先打量这副联所依附的风光：

林木深深，所有的时辰都被遮蔽成荫；而大海静默，将一切事物都吞吐涵盖了。

这是一副嵌字联，上下联首字藏"林""海"二字，以点出亭名。很巧妙。

说它巧妙，还不仅仅因为嵌字巧妙，融佛道于一联也是不多见的机敏。佛教分一昼夜为"六时"：晨朝、日中、日没、初夜、中夜、后夜。而道家将"万象"解释为宇宙内外一切事物或景象。

古汉语与中国古代哲学一样，在乎感觉，少一些条分缕析，有时对仗的界限比较模糊。如一些形容词、副词，可以与动词形成对仗，有些动词可以与连词或介词形成对仗。

这副联几无挑剔，包括词性。对仗之谨严，简直固若金汤。也许因为语感太好，作者在无意中，将"六""万"数目相对，将纵向的时间与横向的空间相对，还将佛家词汇和道家词汇相对——"林""海"、"深""静"、"每""常"、"得""涵"、"六时""万象"、"荫""天"……这些对仗之外，设置了深一层的隐含对仗。

当然，不能死求对工，而成死对，因辞害意，像一个朋友说的，"以平仄合格律为能事，复以平仄合格律为能事毕"，那就完了，没救了。

然而能在表述自然、逻辑合理的情况下，尽量求工还是应该的，毕竟楹联这个东西最大的特点之一就是对仗。别过分追求就可以。

作者李根源是近代著名的爱国将领，国民党元老级人物。行伍出身，思想激进，曾发动起义，反对复辟，辛亥革命后，任陕西省省长。另外，他又自幼受中国古典文化的熏陶，由祖母开蒙，读了大量经史子集和诗词歌赋。民国中期，他隐居苏州。也许就是这个时候，他漫游江南，有了眼前的题刻。

云栖——安排篁竹好制联

云栖是以翠竹、溪水、古寺、古亭为主的山坞景观。溪流叮咚，绿色遍布，深山古寺，云雾深掩。新"西湖十景"之一的"云栖竹径"，将四季绕出画意。竹径全长近千米，宽约 2 米，共 23 处弯曲，两边翠竹列队，如夹道欢迎。

想象一下，落日时分，古寺云亭，周围碗口粗的竹子密布，飒飒万竿。深山探宝，沿竹径前行，穿林海而觅诗联，这次第，在万丈光芒下，该是怎样的一幅图景？

因为这种事情不可多得，柴米油盐的日子还是更多，一如诗与远方、苟且浮生之间的关系，所以显得尤其珍贵。

常常会遇到联还在而建筑不存的情况，时光不再的黯淡感受，因为这些老楹联的倔强坚持，变成了一种天高地远、源远流长的达观。你看，那些钻入云彩的竹子，它们还在等待更新更精彩的诗联出现，好一一镌刻在身，遥遥挥手，向着湮没在时间深处的古联致敬。

云栖亭

长堤划破全湖水；
之字平分两浙山。

——杨度题

　　这亭子，名字飘逸而无可捉摸，也许就该注定高高在上，让人立此存照，而睥睨天下；或可流转眼波，品赏湖山：西湖上的白苏二堤，逶迤婉转，将一颗空荡荡的情心那么大的大湖分成了三片；"之"字形的钱塘江，悠长磅礴，将一座胀鼓鼓的雄心那么大的两浙大山平分成了两半。

　　下联较上联似乎更有气度，思路更清奇，句意更丰满，沧海胸襟，有李白遗风。飞天一样超凡脱俗，金属一样掷地有声，总之，那个景象好大、好美，是俯瞰的、航拍的角度，似乎是无人机写了这副楹联。

　　唐肃宗时，曾将钱塘江以南称"浙东"，以北称"浙西"。到了宋代，则有"两浙路"的行政建制。所以，以"全湖"对"两浙"，水面对陆地，涵盖全面；"划破""平分"暗自拟人，让整副楹联活了起来。

　　人们从一件文艺作品中发现的好东西，几乎是他内心已存在的东西，只不过是他从另一个人那里再次看到的东西。看到一副楹联也是如此：他说白堤、苏堤、钱塘江的好，其实你早知道，只不过再次从他的话语里重新看到了它们的好——当然，他更会发现、更会概括，使得好上加好。你很认同他说的好，心里感到了愉快。

　　作者杨度，中国近代史上最具争议的风云人物之一。对他而言，过于出色根本就是一种负资产，其背景与经历的复杂程度、最后的归宿，都让人惊讶不已。他是满清秀才，和康有为、梁启超是好友，跟汪精卫、蔡锷是同学，混到过清朝四品顶戴，参与过近代"公车上书"，拥戴过袁世凯复辟，也拥戴过孙中山共和，当过黑社会老大杜月笙的师爷，营救过共产党先驱李大钊，遁入过佛门，参加过国民党，最终由潘汉年介绍，经周恩来批准，成为了一名共产党员……左冲右突，无所不为，活得荆棘丛生。好在最后结果不错。

这个折腾劲儿，让人想起学界泰斗章太炎。活着活着，你就会发现，同学同事，远亲近邻，乃至史上众人，不过就是这一类、那一类，某某与某某，大体相似，跳不出几个圈子。

篁竹亭

指挥如意天花落；
坐卧闲房春草深。

——〔唐〕李颀诗句

联意谓：手握一柄如意挥舞，天花便纷纷扬扬地落下来；坐坐卧卧，在幽静的房子里，闲看浅草茂长。

渐渐草长花飞，大地铺满花香，走到哪里都有芬芳尾随，而人儿慵懒，一副夏天就要来了的样子，恰似过一天偷生一天的辽阔悠长。

联语有轻重，笔法分不同，方有动感。上句写意的神奇不拘，下句叙述的老实忠厚，两两参差，手段了得。

此联摘自唐代李颀《题璇公山池》："远公遁迹庐山岑，开士幽居祇树林。片石孤峰窥色相，清池皓月照禅心。指挥如意天花落，坐卧闲房春草深。此外俗尘都不染，惟余玄度得相寻。"

诗中写的山深、林密、俗尘不染，正合此处——云栖不但多竹、多亭、多楹联，古树也多，它们或遮天蔽日、或苔痕萧疏，或老根交错、或新枝萌发，与万竿翠竹一起，形成了独有的竹树景观。

如今，这里有几棵枫香的年龄甚至比古刹云栖寺还要大，老得跟世界文不对题。其中3棵像亲密的三兄弟相依相伴，共同见证风霜。它们寿千年而高耸，生机勃勃，虽然树干在古树中不算粗，树冠却很大，枝叶如盖，在天空中连成一片。最大的枫香树主干高近40米，需三人合抱。

李颀这个人，对诗歌颇有研究，对音乐也造诣匪浅，他身上的艺术细胞太多，决定了其生活方式像仙人一样，不受任何拘束。

唐朝还是一个美可以被大声赞美的时代，不管是自然美或人体美，都可以随心吐露和大胆裸露。这是很特殊的一种生命体验，如同少年的出走。唐代就是封建时代一次任性妄为的出走，既可潇洒一挥手，指挥天花随意落，又可四处坐卧，闲看春草肆意深。

拿来这样的句子作楹联，其实也就是将那种如虹气势拿来，古意馥郁，一不小心，就嚼出了时间的香气。

吴山——吴音软硬磨春秋

吴山，为天目山之余脉，山势绵亘起伏，似婉转游龙，伸入市区——应该是唯一在闹市中的杭州小山了吧？它由伍公、宝月、娥眉、紫阳、七宝、云居等十几个山头组合而成，山高均不超百米，亿万年间累累相加，就像一块块先后出土的老化石。

五代十国时期，吴越建国开始，山上即建起了城隍庙——山环水抱，二水相拱，九山来朝……用老人的眼光看去，这么好的风水，当然香火鼎盛。千数年下来，不停修修补补，所以至今还是崭新的。因此，前后多少辈，各种火热的俗世愿望统统在这里交代出来，使得这方山域总有一种烟熏火燎的急迫之气。

市民们更喜欢叫它城隍山。城隍虽然属于本土神仙，但在方圆几百里内绝对是响当当的一方神圣，就像是一个大家长，百姓信赖甚至有些依赖他。

因此，有着城隍庙的吴山也被杭州百姓信赖、依赖着，一代又一代，偎在它的脚下，过着细碎有趣的小日子。

山虽不高，但登临可远眺钱塘江，近瞰西湖，深有凌空超越之感，"吴山天风"由此得名。

这里城市喧嚣，人烟旺，吴音切切，建筑多，楹联保存也比较丰富。

> 眼前灯火笙歌，直到收场犹绚烂；
> 背后湖光山色，偶然退步亦清凉。
> ——〔清〕唐景崧撰　沈立新书

戏台之上，灯火辉煌，悲喜演过，灯火犹亮，而人群散去，戏台上、现实中人忙乱收场。湖光山色，景致大好，可梁园虽好，不是久居之家——看看可以，不能住在绝美景处，还是须在适当的时间段退步抽身，到清凉处，过平实朴素的生活，才是正道。

面对灯火笙歌、湖光山色，作者难免发出这样的感叹。

这副联体现的中庸之道、平衡之道，其实如同一杆秤——称米、称金、称中药，简直称天称地，无所不称。少了，添一点；多了，减一点。做人、做事、做生活，中国人遵循中庸的原则，几乎无往而不胜。

智者最会平衡，盛时常作衰时想，还在场上风风光光，就已经将下场后的打算考虑明白。

这个戏台是比较真实的那类古建，维修保养不多，没有过度开发，差不多在民间自生自灭。然而有好的楹联加持，便如嘉宾到来，陋室生辉——老联能够保持下来，本身就是奇迹，尤其是在这种平常之处——需要天时地利人和，缺一不可。

人都是在一次次的感念里悄然老去的。此联似乎写的是实景，实际上透露出作者对自己往事感叹的复杂心态，在词里行间也充满了中国旧式官员的那份"退思之思"，似为自己的未来想好了退路。

唐景崧少年时慷慨有大志，读书勤奋。虽说才学出众，却因秉性耿直，不肯谄媚上官，屈在吏部20年，不曾得到提拔。

清光绪八年(1882)，他因援越抗法战功实在亮眼，遮不住的光芒让清廷大为喜悦，遂授其为台湾道道员，又接连升任台湾布政使、台湾巡抚。仕途顺畅，政绩突出时，中日甲午战争突然爆发，台湾被割让给日本。他与台湾军民义愤填膺，坚决反对，宣告自主抗日。因孤军作战，寡不敌众，基隆被日军占领后，清廷命他返回大陆。他回到故乡广西，朝廷丢给他一个书院山长（即院长），以及广西体用学堂堂务（即校长）的文职，草草敷衍，远逊于他之前的才华与战功。

学文，致武，小人压制，朝廷重用，居功至伟，然最后被闲置冷落，无所适从—— 一生如梦，自然吟哦出梦游一样的句子。

城隍庙

夫妇本是前缘，善缘、恶缘，无缘不合；
儿女原是宿债，欠债、还债，有债方来。

——旧联 蒋北耿书

此联语言通俗朴素，形式生动活泼，有口语和一点民歌情调。还用了同异的修辞手法，即把字数相等、结构相近或相同，字面同中有异、异中有同的两个或两个以上的词或短语放在同一个话语流中，使其相互对照、相映成趣。上下联都取同异手法中的"前异后同"，将语意、语气都调整到最高级，其感叹之意呼之欲出。

对联不是一定上联仄收，下联平收，也可以平结尾，仄声收。仄起平收，不是绝对的判断上下联的标准，主要还是要看上下联的逻辑关系。但一定的平仄相对还是基本的要求。当然，如果句意绝好，也大可统统抛开。

汉语原是一种生命经验，它不是控诉，不是说教，是婉转多义、柳暗花明的描述，里面沉淀的，是自己上了年纪后、甚至是凝结了几代人的血泪总结——几代中老年人的沧桑心境。

上联谓夫妇因缘之故而结合，无论善缘、恶缘，若是两者皆无缘，又岂能结合呢？下联则讲儿女与父母的缘，是前世累积的债，无法选择，也难以回避。全联意谓：世间一切事物均是因果循环，由缘而定（人根本掌控不了）。

夫妻，儿女，还有父母——为人夫（妇），为人子（女），也为人父（母）；善缘，恶缘，又吵又打却分不开、说不清善缘恶缘的缘……这么多角色，这么多截然不同的热闹，搅裹在一起，如同一首多声部，你追我赶地轮唱，高高低低，粗粗细细，又乱又有序。而缘分又不总那么稳定——你可能刚觉得幸福，不幸就从黑暗里跳出来，随时翻脸不认人。当然，反过来也是如此：你可能一直不幸，然而幸福也许拐角就到达。

词性、平仄多有不合，一副宽对。但这联是精当的总结，也以打量者的角度，隐含了对人类隐约的悲悯与担忧。28 个字，将说不清道不明的人生体验，那些错综

城隍庙

复杂，一点点透露：

　　纷乱中有清静，凄凉处有温暖，亲爱与互撕相结合，恩情与仇恨紧相连，所占比重虽不同，却不会遗缺，羼杂在一块儿，似哭还似笑，真实又不真实，没有极盛或极衰，都有付出和得到、希望与失望，对等或不对等全看命。

　　无论最后怎样，那些原有的关系都不是生来如此——经生命热情的充分燃烧，到蜡炬成灰的无奈状态——无论做夫妻、做父子母女，前半段总是有热情和激情的，而正因为有热情和激情，到后半段，或某个时候，才会产生巨大的幻灭感，沮丧，没意思，无力把握，或多或少都会有。当然，其间快乐、幸福、小美好也很多，点滴可贵。

第四章

远足踏歌

洪氏宗祠——梧桐夜雨词凄绝

南宋时期，杭州西北都是水域。西溪曲水弯环，群山四绕，名园古刹，景致绝佳。

在这样的自然和人文环境中，孕育出了人才辈出的洪氏家族。

一门三宰相五尚书，家风清正八百年——宋代有洪皓、洪适、洪遵、洪迈父子一品宰相级官4位，明代有洪钟等一品宰相级官4位、二品尚书级官3位，清代则有大戏曲家洪昇，文辞盖世，一位也就够了。

> 琴尊偕弟妹；
> 几杖奉尊慈。
>
> ——〔清〕洪昇撰

一副联好比一捧珍珠，有种光韵温暖人。

语气轻软，语调低徊，他喃喃吟起这副联，联中场景多么和平如意，当时只道是寻常——

带着弟弟妹妹们，一起抚琴，一起饮酒；端取放满食物的小桌子，恭恭敬敬奉给年老的父亲母亲，二老要走动时，也急忙奉上手杖。

其实不过是刹那。

多年之后，当这一切都已不在，隔了茫茫烟尘望过去，笑声在耳，动作如昨，不知作者会不会热泪横流？

清顺治二年（1645），杭州西溪群山中，一家佃户的破屋里，作者洪昇出生。

洪家逃难出城，从富足到赤贫，只用了一个晚上的时间，就算再取名"昇"，渴望如日东升的念头再怎么强烈，洪家和洪家这个孩子还是被时代甩到西山那边。

24岁，他进京入了国子监。

在人人都长一双富贵眼的京城，谁会识得一个叫洪昇的年轻人呢？他卖文为生，其间也百般求索，寻找进阶入仕的机会，但一直捱到大女儿夭亡，他满腹哀伤回到杭州，仍是布衣洪昇。

现实残酷，逼他重走"北漂"路——他终于还是回到了文人荟萃的北京，喷薄而出一部《长生殿》，写就传奇，赞美无数，带来"票房"无数，成就他的高光时刻。

第二年，戏班为感谢编剧，挑洪昇的生日这天公演。一时间，眼前看贵友如云、觥筹交错，耳边听盛赞如潮、歌吹动听，洪昇微眯双眼，志得意满，再不是落魄形状！

然而，人生的剧本没有设定——谁知道，万般红紫，过眼成灰，计划总没有变化快，《长生殿》既是他生命中的节日，又是他人生中最大的劫难。

这出戏上演、为作者隆重庆生之时，正值皇后佟氏病逝不久，京师禁乐，洪昇却不识时务，因此下了刑部狱。一出戏唱得如此结局，令天下观者目瞪口呆。

似乎是个魔咒，只要一沾《长生殿》的边，就万劫不复。

清康熙四十三年（1704），江宁织造曹寅在南京排演全本《长生殿》。洪昇高高兴兴地去了，座上自然宾主皆欢，志得意满，香风吹拂，那场景、这心情是不是有些相似？事后在返杭途中，他在乌镇酒醉，竟失足落水而死。当时他辞京八年，距 60 岁生日仅不到一个月时间。

大凡祠堂之联，气势昂然者多，格调温柔者少。

这副楹联之意越温柔、越圆满煦暖，那本杂剧的梧桐夜雨滴得越凄艳哀绝。

老虎洞山——湘湖波映越王心

老虎洞山位于萧山西部，海拔 218 米，连绵的山脊线有土路连通，野趣横生。山上有老虎洞和越王卧薪尝胆处，洞下的莲华寺悬于半空，山腰修有之江亭，亭上可眺望山下钱塘江、富春江、浦阳江莽莽汇合。

老虎洞山毗邻湘湖——在历史上的绝大部分时间里，湘湖船舶云集，水路繁华，也曾在某一刻，映照过越王勾践那颗不甘的心。

有些地方，第一眼看不出好来，可是慢慢地就会喜欢上它。回味，才是老虎洞山正确的打开方式。

> 此地曾传尝胆事；
> 我来犹记卧薪人。
>
> ——〔明〕刘宗周题

联意谓：这里曾经流传着尝苦胆的故事，我来此还记得当年卧在柴堆上的人。

用典切题而灵活，气脉畅通不板滞，联语有心有眼，心实眼虚，有枝有叶，枝粗叶细。由不得人不朝内里探寻，高上去高上去，到极高处，又悠悠地翻下来。讲叙内在节奏有序，峭拔而从容，具深渊之美。

翻检历史，常会有一种莫名的东西在心内翻涌，默默地，是一场接一场的失去，在美好的人间。

老虎洞山上，嵌有两块形状奇异的巨石，上端相接，宽窄仅容一人出入，传说是越王勾践卧薪尝胆的地方。

吴国的覆灭是由吴王放了越王开始的。

勾践从来都没有放弃过复仇的打算，做下人期满，被放回越国后，他暗中训练精兵，强政励治。他晚上睡觉只铺些柴草，又在屋里挂了一只苦胆，不时尝尝苦胆的味道，为的就是不忘耻辱。后来终于灭了吴国。

传说老虎洞山是勾践卧薪尝胆之地。一天，他登上老虎洞山观察地形，一只猛虎突然从山洞中冲出，朝其吼三声，跳跃而去。勾践寻来，看到此洞（老虎洞），高兴地说："此乃天赐之地！"于是，这里成为他又一个栖身的地方。

提起"卧薪尝胆"，这个典故中的典故，其实另外有副与之有关的楹联极妙：

有志者，事竟成，破釜沉舟，百二秦关终属楚；
苦心人，天不负，卧薪尝胆，三千越甲可吞吴。

现在常被高三学子们当成自己的座右铭，鼓励自己长志气，一战称雄。

"此地我来联"作者是理学家刘宗周，他是浙江绍

老虎洞山

兴人，对这个典故自然烂熟于心，因此语气上带着几丝"说吾家事"的亲近。他自己的一生就颇有卧薪尝胆的意味：曾参与东林党活动，因上疏弹劾魏忠贤，被停俸半年并削籍为民；曾因上疏与朝廷意见不合，再遭革职削籍；复官后，又因与同僚不合而辞官归乡。

清兵攻陷杭州的消息传到绍兴时，正在进餐的他即推开食物，恸哭不已。其间，清廷以礼来聘，刘宗周"书不启封"，绝食 23 天后去世。其精神，真与越王相神似。

罗隐碑林——光阴何曾损傲骨

罗隐碑林位于富阳新登境内的贤明山上。碑廊里，一片花岗岩碑。

花岗岩，世界上最硬的石头——除非用同样的花岗岩，或者是钻石来摩擦，才会对花岗岩表面造成划伤。

这些石头，很像罗隐那个人。

> 国计已推肝胆许；
> 家财不为子孙谋。
>
> ——〔唐〕罗隐诗句

这是罗隐诗中的两句，被刻成了碑文。

罗隐本名罗横，因应进士试，一再不中，一狠心一跺脚，就改了名字。黄巢起义后，他奔走四方，投靠各种地方官，只为谋求一个幕僚之职糊口。最后，55 岁归乡，为吴越国王钱镠所赏识，历任钱塘令、司勋郎中、给事中等职，以讽刺诗名重九州。直至今日，罗隐碑林还吸引着各地游客前来观赏。

敢讽刺常人的人不少，敢讽刺皇帝的人不多。

他一生经历了晚唐文宗至哀宗 7 位皇帝，目睹了唐王朝从衰败到灭亡的过程，一双冷眼，将充斥其间的颠倒事、荒唐局看了个明明白白。于是，按捺不住的爱憎被他纳入三寸管下。

讽刺当然要从始皇帝开始。最可恨莫过杀人如麻。他与他双目相对，他给他"进献"了一首《焚书坑》，一板子打在了多么金贵、多么遥远的屁股上。

他还有《铜雀台》一诗，是写曹操的。对"强歌强舞竟难胜"的侍妾说来，为死人的欢乐而歌舞——去殉葬，该是何等的怨苦，又无处倾诉，只有"泪满膺"而已。

刘禅，陈叔宝，杨广……他一个也不放过。他讥刺的范围上至皇帝、宰相、藩镇，下到贪官污吏、恶劣文人、社会陋习，"虽荒祠、木偶，莫能免者"。可以说，在整个中国文学史上，以辛辣讽刺为主要特色的作家，首推罗隐。而这种对写作超乎寻常的热爱，已经与"坚持"二字毫无关系了。

刀笔不避，高声道，"国计已推肝胆许"。——你要披肝沥胆，献身国事。

"我未成名卿未嫁，可能俱是不如人。"能写出这种情书的人，情商低到尘埃里了吧，他要怎样才能家财万贯、遗赠子孙呢？所以，下联这句也非自况，还是提耳叮咛——你要公而忘私，切不可为子孙谋家财。

他出口奇、壮，字简意足，读来虎虎有生气。其中，"许""谋"二字用得险，然而好——好诗要有好句，名诗要有名句，联亦如此，在照顾到全联的同时，创造出让人过目难忘的佳句是作者本事。也就能理解，为什么罗隐有那么多的名言警句流布后世了。

喊话的对象是为官者。而恰恰是这种人，往往做不好那两件事。

晚唐时分，朝政败坏，人心不安，"国计空谈肝胆许，家财尽为子孙谋"的，遍地都是。所以，罗隐一生以骨为锤，敲警世钟，就没停歇过，到77岁去世，傲骨"当当"，光阴也没能减得他半分毫。

陆羽泉
——著得《茶经》借野云

　　径山位于余杭西部。此处野云万里，佛境清幽，喜爱孤独的人大可驻足。

　　径山历史文化源远流长，自然风光得天独厚：有"日本茶道之源"之称的径山寺，有被评为"中国最佳漂流胜地"的国家 4A 级景区双溪漂流。

　　当然，更有以禅茶文化为主、"茶圣"陆羽煮茶论经之地的陆羽泉。

　　　　一卷经文，苕霅溪边证慧业；
　　　　千秋祀典，旗枪风里拜神灵。

——佚名撰

　　联意谓：一卷经文记载着陆羽的事迹，在苕、霅两条溪边，证着他智慧的业缘。千秋不灭的祭祀典礼，是绿茶的旗枪，它们在风里挺立，永远地祭拜着陆羽这茶界的神灵。

　　藏在原双溪村的陆羽泉，俗称陆家井，清冽微甘，大旱不涸。相传陆羽曾在此烹茗撰《茶经》。

陆羽泉

陆羽幼失父母，一生无根无靠——曾因坚持学习儒学、与恩师传承佛学的心愿相抵触，被罚在寺里做苦力；也曾混迹戏班，扮丑角，写剧本，打零杂；还曾充作茶博士，四处讲茶，只为谋得一碗薄粥。

茶给他安全感，给他自信。他干脆把茶当成家了。

公元 760 年，中国人迎来了茶文化历史上划时代的一页——

陆羽到了杭州。

他所在的晚唐，正是多事之秋，其中最大的一次劫难就是安史之乱。陆羽正是在安史之乱的流民大潮中到来的。也是这一年，灵隐寺竞选住持，和尚道标中选，他经常约陆羽去寺院，并给予一切研究茶的方便。

泥里生长，云端写诗。就是在这里，陆羽创作了他的封神之作——《茶经》。

这副楹联内容扎实，切地，切意象：陆羽威武，影响力遍及海内外，哪里的茶人都尊他为"茶圣""茶神""茶仙"。最好、最久远的祭奠，当然是茶本身啦——看看旗枪，它们根根竖立，多像在集体行拜礼。

旗枪，浙江的特种茶类之一，扁形炒青绿茶之一，一般由节顶叶单叶芽制成，产于杭州西湖、余杭、富阳、萧山等区。因该茶经开水冲泡后，叶如旗，芽似枪，亭亭玉立，十分美观，所以有这个雅称。

经文，苕雪，祀典，旗枪，述论不空，都有实指，于不经意间暗藏对仗机心，颇见手段——陆羽一出生即由僧人养育，做了和尚，后来才返俗，以一卷《茶经》动天下。因此，以佛法说功业，以名茶说茶人，题陆羽泉，没有比这副联更贴切的了。

杨乃武墓——结案何曾是句点

老余杭的（原）上林村是个小地方，或许外地朋友并不知晓，但是提起晚清四大冤案之一的杨乃武冤案、电视剧《杨乃武与小白菜》、著名越剧演员陶慧敏扮演的小白菜，知名度肯定提高了许多。

此地是杨乃武的出生地，他却没有葬在这里——其墓地最初设在离这儿不远的（原）安山村。与众多名人墓不同，它寥落得很，不要说用来景仰，连基本的怀念功能都没有，仅供猎奇之用。

他生前遭遇本已极悲，身后坟墓愈见其悲。

> 斯文扫地；
> 乃武归天。
> ——〔清〕杨乃武自挽联

他哀叹自己斯文扫地，命悬一线，不久当归西而去。失去名誉和生命，真是奇耻大辱，却无力回天，徒唤奈何！

字词犀利，如横亘的两根白骨。

出句平常，虽有浪漫的想象力，意思还停留在没了读书人的样子、丢了面子上，对句突然深入到"死亡"，"归天"二字，道尽了悲愤、无奈：乃武我就这样不明不白被老天收走，不甘不甘，不甘啊！

杨乃武本是清光绪年间的一个读书人，中秀才后，又中了举。他个子不高而眉清目秀，性格孤傲，与官府不睦。毕秀姑绰号"小白菜"，因为她生得秀丽，爱穿白衣绿裤，故有此名。秀姑嫁人后，本来过得好好的，丈夫却突然暴亡。寡妇门前是非多，毕秀姑被诬"与杨乃武暗通私情，共同害死了丈夫"，与杨乃武一起，被投入监牢。

但凡翻供，即用大刑：杨乃武两腿被夹折，毕秀姑十指被拶脱。重刑之下，他们几度诬服，戴着双人枷锁，铐手铐脚，重得像扛着一扇门板，游街示众，受尽屈辱。其间演绎官场黑暗，触目惊心。

一件普通的刑事案件演变成一件官官相护的政治大案。杨乃武的姐姐到京城告状，去了足足30多次。七审七决，七决七翻，才惊动了最高统治者慈禧太后。她总算办了一件得民心的好事，与案件直接相关的100多位贪官污吏被革职、充军或查办。大快人心！

此案牵扯不少无辜，其中有一家药店的老板——余杭爱仁堂的钱坦冤死在狱中。杨乃武出狱后，深感愧疚，因此书写了一副挽联，赠送给钱坦的家属：

名场利场，即是戏场，做得出满天富贵；
寒药热药，无非良药，医不尽遍地寒凉。

此联上下，流水成联，各自一主领二宾。流畅之中藏有弯窍，不陈不险，推演恰适，佳构天然，工巧竟无痕。

第一，前面一句，都有二言的当句半同字衔接自对；第二，以这个分句起笔，再造一个分句，与前面分句形成半同字间隔自对；其三，自对中，又是规律重字"场"与"药"，重复得平静而心酸，同时加强了议论的力度，也饱含韵律——不断重复，好说好记，读来顿挫，有余音。

接着，他以"做""医"一字领下文，得出结论："做得出满天富贵""医不尽遍地寒凉"，正反相对，强度递增，可谓水到渠成。

前后两副联，正是"有我之境"与"无我之境"的写照：

前者冲动，满心都是"我冤"二字，胆气勃发，情绪激烈，因此勾画了自己的独特样貌，而生动有力，以即时之言道即时之痛，其痛愈痛。是以我观物。

后者跳出去，"我"隐匿在所述的客观对象之外，在前番不断求索拷问中得到的经验，不再有现场感极强的生鲜宏壮，而弱而美——以当事人说当日事，愈显其真。是以物观物。

从杨乃武所作楹联的讲究，可以看到他的学问不浅，但他一生埋没乡间，不曾出头。对他的一辈子而言，这又是一层悲。

经一场事，知一层理。杨乃武在大难后，气不再壮，声不再高，连愤怒也隐去不见——他对人世终是存了胆寒之心。所谓胆寒，并非怕，而是无奈。就像贾宝玉的前生今世，历劫完毕，心境一如老僧苍然——眼前这副楹联，已不复狱中的奋笔狂书，而戚戚似一句箫声。

人生这场戏，他的结局很平淡：近 4 年后，案情平反，杨乃武回到家中，继承了父亲的产业，以种植桑叶和养蚕来维持生计。1914年的 9 月份，杨乃武因身患疮痍，久治不愈而死。

另一位主人公小白菜，出狱后无家可归，到县城南门外准提庵削发为尼，取名慧定。于 1930 年谢世。

这个题材为世代文人所青睐，到今天，还在不断地被各种文艺形式翻新，代代看客也听之观之，乐此不疲。种种创作中，最不离谱的，还数他们本人的肺腑之言。

幻住山房——有人和梅住深山

中峰明本禅师是钱塘本地人，元代最为杰出的高僧，善诗能曲，酷爱梅花。他幼年稍通文墨时即诵经不止，人皆称奇。24 岁到天目山，受道于禅宗寺，白天劳作，夜晚秉烛读书。后来，禅师几十年草栖浪宿，奔波于江南各地，诵经传经，遍洒甘露，吸引了各地僧侣来拜。

他在西天目山居住的地方叫作"幻住山房"，又叫"幻住庵"。

> 野桥古梅独卧寒屋角；
> 疏影横斜暗上书窗敲。
> ——〔元〕中峰明本禅师诗句

这是中峰明本禅师的诗句，选自其咏物诗《九字梅花咏》。全诗为：

> 昨夜西风吹折千林梢，渡口小艇滚入沙滩坳。野桥古梅独卧寒屋角，疏影横斜暗上书窗敲。半枯半活几个摽蓓蕾，欲开未开数点含香苞。纵使画工奇妙也缩手，我爱清香故把新诗嘲。

说花坚忍，喻人节操，其取字唯美，而稍嫌冗沓，这冗沓偏又浓了诗味。重要的是形式非常新鲜，史上传下来的九言诗统共也没几首，能摘成楹联的更少，值得一荐。

虽有失替，算白璧微瑕，却瑕不掩瑜——本来就是摘句。此联胜在意境和独特性。

上联说的是：桥是野的，梅是古的，屋子是寒的。就在这桥边、这屋侧，寒梅独卧，幽幽发散着暗香和孤独之美。选景不废，物物指心。仔细琢磨一下，有一点陆游写梅"驿外断桥边，寂寞开无主"的词意。摹景状物，也用以自况。

下联则将镜头对准梅，来了个近镜头聚焦：梅稀疏的身影，斜斜横亘，慢慢随着月光，悄悄地移上来，似乎在敲打我的书窗。世间美好的事情似乎都是因为梅花而发生。这里化了林逋"疏影横斜水清浅"诗意。

与前辈的爱梅人、爱诗人灵魂呼应，跳出三界外，不在五行中，自由自在，逍遥太清，独拥大自然。美极的句子，美极的生活，让当代人羡慕。

据记载，他不外出说法的时候，就窝在这个小屋里，连门都不怎么出。

是的，幻住山房很小，天目山很大。天又是什么呢？天是自然的规律，是无常的，宗教的，不被人的意志左右的。在禅宗或密宗里，认为开天目者性情灵通，可通鬼神。中峰专心修习，想必与弘一一样，早天目洞开，将世间一切悟透：事业文章俱草草，神仙富贵两茫茫。无非梦幻泡影。

幻住山房边，种植有"夏蜡梅"，开黄蕊白花朵。夏蜡梅是中国特有的珍稀花卉，为第三纪孑遗物种，仅产于浙江临安、天台一带，多生于海拔高处的坡地或溪谷，在初夏绽放。

冬天可以赏梅，夏天也可以——曾住在这里的爱梅人有福了。

清寂，洁美，哀又不哀，字面有冗赘感，简直可以咿咿呀呀唱起来，字后风致却极简——简到空幻，住着，又好像没住，去了，又似乎仍在。

如果古建仍在，门楣齐整，将这个名、这副联，用梅花篆或汉隶镌刻其上，另将深雪或熏风补为偈语，怕整个屋子会香成一句日本俳句。

昭明禅寺——常以佛眼照慈悲

杭州风雅

HANG ZHOU

昭明禅寺位于东天目山，南朝梁大通年间，由昭明太子萧统创建。据说他当年黄袍翻作紫袈裟，在此修禅，分《金刚经》，还编选了我国现存最早的文章选集《昭明文选》。禅寺参差巍峨，错落有致，寺中有分经台、回光庵、洗眼池、悟道松等多处景点，皆与参佛相关。禅寺安详，佛眼慈悲，温柔天下，至今无改。

凌晨三点半，起床板即打响，僧人诵经做早课，禅寺道场念佛堂则有法师24小时领众绕佛，佛号昼夜不断，处处可闻佛号与讲道之音，行人见面都称"阿弥陀佛"，寮房夜不闭户。餐前有人指导挂单者如何用斋，用斋前合掌念十声佛号，用完斋开水涮碗并喝掉，再合掌念十声佛号退出斋堂……肃穆奇异而美好。

> 道自昭明，共仰昙花凝宝相；
> 慈临天目，欣瞻法雨出香云。
> ——〔清〕丁立诚题

此联术语充斥，对仗工稳，呈颂扬貌，气质雍容，佛联写法大致如此。

大意是："一花一世界，一叶一菩提"，我们一同仰望圣门法器，一同修习；而佛慈爱降临天目山，我们高兴地瞻习佛法，进入那美妙的境界。

我们对于自己不了解的大千世界充满困惑和想象，如同井底之蛙对大海从来没有认知。直到有一天，或修养到了，或年纪到了，方打破旧桶底，见朗月当空照。

如此世界，该是多么通透圆明，该是何等神圣庄严；如此心境，又该多么幸福圆满。在俗人望远皆悲之际，望远皆喜，安稳，自信，幸福，仿佛坐实了江山。

读此联，仿佛目遇神仙，自觉尘根未净，而不自觉地退缩。

昙花很特别，总是选在黎明时分朝露初凝的那一刻才绽放，所以用"凝"字。又相传昙花与佛祖座下的韦驮尊者有一段哀怨缠绵的故事，所以昙花另名"韦驮花"——正与韦陀道场相匹配。"法雨"则譬喻佛法——佛法普度众生，如雨之润泽万物。

如果说巅峰的大仙顶是东天目山赏自然景观的极致之处，那么，昭明禅寺就是东天目山人文景观的精华汇聚，保留了佛教的一些朴素而核心的东西，至今不改。这座山因为有了这座寺而充满传奇。

站在这里，可以想象 1500 年前的脚下繁华：高僧大德巨儒文豪集聚一堂，高谈阔论，口辩玄机，是何等的清贵之地！

杭州人丁立诚性情天真而不世故，即古人所言的温柔敦厚。他本身就是极其爱书之人，作为光绪年间的举人，官至内阁中书，虽说是个小小的七品芝麻官，但可以随心所欲看书，可以翻译，可以撰写。总之，他成天与书亲密接触，正合心意。爱书至痴迷，便以藏书闻海内。晚年穷困，还唯恐同在杭州的丁丙家的"八千卷楼"图书流落异国，他便搜尽箱底，凑7万余元，将"八千卷楼"藏书购存于南京江南图书馆——丁丙仁义！当时他家道渐衰，不是不需要钱，可主动将价格压得只剩了象征意义。

两位藏书大家的高风亮节，以及为人的广阔厚重，都是坊间佳话。

由于交通的问题，寺庙建造与运营相对困难，因此也隔绝了些观光游客，使得山寺保持着朴素谨严的修习风气，僧人和居士一日不作，一日不得食。而山道上，送料的义工队伍也是一道风景线。当地人叫作"背山"。

临安天目山佛法之旅，让人着迷。

桐君山——几朵白云收药篓

　　若是在桐庐寻一处"一览富春江，看遍桐庐城"的地方，非桐君山莫属。山为孤山，与桐庐北侧的其他山峰并未串联一起，很好识别。

　　当桐庐遇到富春江，山水草木都美成了画。

　　桐君山，听上去很像是为纪念一个人而起的名字，事实也的确如此。桐君山上的主体建筑当是桐君祠，始建于宋代，距今已有近千年历史，曾历多次迁址改建。

　　桐君祠祠宇三楹，轩朗高敞，桐君像居中而坐，上悬"中药鼻祖"横额，落款为叶桔泉。叶桔泉先生是中国中医药界的一代宗师，新中国建立后医药卫生界最早的三院士之一。由他题写匾额，再合适不过。

　　大药几时成？漫拨炉中丹火；
　　先生何处去？试看松下白云。

——佚名撰

　　联意谓：您所研制的妙药要多久才能制成？且慢慢拨弄炉中红彤彤的火；先生您到哪儿去了？那么，让我

桐君祠

们来看看松树下面飘荡着的白云吧。

桐君精神远在道家之上——上联结合他结庐炼丹，以及桐君山"丹灶"遗址来写，自然不着痕迹；下联则化用唐代诗人贾岛《寻隐者不遇》中的诗句："松下问童子，言师采药去。只在此山中，云深不知处。"诗中隐者，就是采药为生，这山中白云千载，松树参天，松彰其风骨，云显其高洁。拿来赠予桐君，不算明珠投暗。

他用药香抹缝，韵脚打墨线，建成了他的国，中药是专属于他的、独立的生态系统，里面藏着平平仄仄的大好河山，春山如笑，夏山如滴，秋山如妆，冬山如睡，随意坐在哪一处，白云簇拥，都仿若花间一壶酒。

此联起便不凡，正破空而来，收句则清虚渺远，余味绵绵，而吐属有物，气脉顺畅。那位熬药炼丹救人、为苍生不为自己长生的老人，在诗联的语境中，俨然一位白髯飘飘的仙翁了。

关于中国医药历史，很多人都知道"神农尝百草"、"医圣"张仲景、"神医"华佗，以至"药王"孙思邈，听说过"药祖"的并不多，"药祖"在哪里行医采药，则更漫漶在历史的大雾中，知者甚少。

相传在黄帝时期，此处曾隐居着一位老者，不辞辛苦上山采药，为附近乡民看病，分文不收。乡民感念，问其姓名，老人不答，指桐为名，并著有《桐君采药录》，其中的处方格律至今仍被中医界沿用，后世尊其为"中药鼻祖"，桐君山也被称为"药祖圣地"。"潇洒桐庐郡"经过长久的熏陶，形成了传统的中草药文化。在这里，我们会发现，大地的寓意总是意味深长的，它作为世间秘密存在，然而会生发普遍的温暖，以宽大的胸怀，拥抱人在其中赖以栖居的东西。比如植物和诗歌。再比如中药和楹联。

随着时间流逝，桐庐的隐逸文化和诗文化也越来越浓厚。这副旧联的气质就融这两种文化于一体，简洁不芜，像清风，一缕缕送出去。

如果拈来此种水准的楹联几十副，即可消永夜，而人生里有了一口书卷气，哪怕身处下贱，也不觉可哀。

严子陵钓台——采春为饵钓东风

在富春山麓，有个严子陵钓台。一座石牌坊，额刻笔法古朴。

此处因东汉高士严光拒绝光武帝刘秀之召，拒封"谏议大夫"，来此地隐居垂钓而闻名。

严光，字子陵，浙江余姚人。年轻时与汉光武帝刘秀是同窗好友。光武帝登基后，访得其踪迹，两度请他出山，他坚辞不仕，隐居此处，耕田垂钓，采春为饵钓东风。

这行为有美学意义，更有哲学意义，似乎并不励志，却颇见性情。与上古姜尚垂钓渭河"钓文王"大有不同，而同样名垂千古。

富春江岸边不远，便可看到严先生祠。简朴雅致的一座小院，正殿供奉严子陵坐像。

正殿殿门

先生何许人？羲皇以上；

醉翁不在酒，山水之间。

——〔清〕郑燮撰

联意谓：严子陵先生他是什么样的人啊？他像是远古伏羲时代的人，无忧无虑，质朴纯真；这位喝醉酒的老翁啊，他心心念念的并不在酒啊，而在那美丽清明的山水间。

"羲皇"指的是伏羲氏。"醉翁"借欧阳修的自号以自称。

此联造句法与前面所品桐君祠那一副相似，又有不同：那里有问无答——抛出去，不接，放风筝；这里自问自答——抛出去，又接回，抖空竹。都很有趣。

这两行字，好比一个人，安静的气质、醇厚的内涵，更像一篇评话的楔子，有春服乃成的格局和气象。

其实，洗去功名，逃遁山水间，这是严子陵的高风亮节，也是他的智慧之处。自春秋战国以来，多少血的教训告诉他：在中央政权稳定的时期，与君王过于亲近是最忌讳的，因为君王在渐渐适应了角色后，他初得天下的兴奋会渐渐演变为一种隐隐的耻辱——微末之时的不堪，亲近的人以前都看在眼里。还有对推翻旧政权的不安——亲近之人有本事，本事大到可以帮着自己推翻别人，谁又敢打包票他一辈子就没点推翻自己的念头？如此一来，亲近之人就危险了。功高盖主、被"杯酒释兵权"的事情，历史上从来没有停止过。

严氏有官不做，在此垂钓，有羡鱼情，无得鱼意。这个动作成为一种象征，后人眉飞色舞传为佳话，真正学他却又难了。

作者郑燮个性刚直不阿，讲话犀利刻薄，这种处世方式加上那种个性，不得罪人才怪。他与严子陵一样，才能出色，要做官肯定是能官、好官，然而他从读书、教书，卖画扬州，中进士，为官山东，卖画扬州，绕了一个圈，终于还是回归到卖画扬州这条路上来。字是越写越歪，人是越做越硬，闲来写就青山卖，不使人间造孽钱，以布衣终老，承袭了富春江畔严子陵的自尊与通透。

无论东台还是西台，离水面皆有几百尺，钓台光洁平整，可坐百余人，台下碧绿的富春江水蜿蜒东去。不知当年严子陵的钓台是怎样的。

一座城市，如果它的好东西点点滴滴留下去，是不是可以做成一座伟大的城市？城市需要历史，就像男人需要年纪。且行且珍惜吧。

灵栖洞天——浮生怪我太逍遥

"灵栖洞天"洞群距杭州 189 千米，是新安江—富春江旅游线上的一处风景点，素来有"地下艺术宫殿"的美称。

洞群由 9 个溶洞组成。目前所指的灵栖洞天，即灵泉、清风、霭云三个已开发的自然洞群，奇石万千，林立其中，河水清清，水石相映，而奇石轻敲，即声如洪钟，充满神秘色彩。经过上亿年时间，洞穴才形成了绝美景色。1986 版《西游记》里，孙悟空的水帘洞、玉皇大帝的凌霄宝殿、东海龙宫，都曾在这里取景。可泛舟细赏，一尝美猴王"大闹天宫""龙宫探宝"的乐趣。

行穷人不见；
坐久日空斜。

——摘唐代穆君诗句

石上生灵笋；
泉中落异花。

——摘唐代李频诗句

这两副楹联从一首诗中集取，一首诗衔着一个故事：

唐宣宗大中年间，寿昌（今在杭州建德）县令穆君来游此洞，当时尚未成名的诗人李频作为随从，也陪在左右。

穆君被洞穴的神奇优美迷住，一时诗兴大发："一径入双崖，初疑有几家。行穷人不见，坐久日空斜。"

得此四句后，沉吟片刻，未得佳句相联，不免面色微红，有点下不来台。

不料，年轻的李频随口吟哦："石上生灵笋，泉中落异花。终须结茅屋，到此学餐霞。"

第一首诗，提到彼时彼景：一条小路插入山崖，开始还以为有几户人家呢。不料走着走着，走到了路的尽头，杳无人烟。于是坐下来，看落日空自西沉，无有纷扰。隐约有杜牧当日描摹的场景："远上寒山石径斜，白云生处有人家。停车坐爱枫林晚，霜叶红于二月花。"念出来品品，简直是五言版的《山行》——缺了"生""红于二月花"此类的惊艳之字，却又绝不低于唐诗的平均水准。

两两对仗，正可用之组联，虽说略不合律，但摘句就不能按楹联的规矩要求人家。

第二首诗，相邻句又是两两对仗。或许因前面隐含杜牧诗句，李频也受到了启发，将奇石比作了花。将洞穴内的钟乳石等景物倒影在一池清泉中誉为"落异花"，何等清新、得体，而酷肖"定海神针"的石柱不正像灵异的笋吗？这等洞天福地，真该到此处来，盖起茅屋，学着餐霞饮露，做个神仙！

灵栖洞

显然，与穆君同时，李频也看到了落日，晚霞灿烂，实在太惊艳——比起眼前晚霞，所有的红都成了哑巴。所以他接着穆君的诗中之意，暗暗赞叹起傍晚天边的美——霞色太美，以至秀色可餐。

"餐霞"之用，语意厚实，为神到之笔：隐有春秋介子推归隐深山不做官并餐蕨食薇之艰苦、之高洁，也含战国庄子《逍遥游》所赞"吸风饮露"绝食五谷之脱俗、之逍遥。

两首诗、四副楹联，打了个平手：上半局如莲开刹那的美，其干净、安静引出下半局的干净和安静。两人唱和天衣无缝，因此也有另一种说法，即这是李频一人所作。

唐代文气铺陈千里，几乎每个诗人都是一座诗歌的高楼大厦。

诗人李频是建德当地人，后来去杭州，被杭州太守、晚唐大诗人姚合看中，因爱才惜才，把爱女嫁给了他。

那时，他还没有进京赶考，前途未卜。所以，能得知音，又得佳人，是李频的幸运。除了才华，姚合将爱女嫁给他的另一个重要原因，就是他颇为看好李频的人品。

事实上，此前杭州有个年轻人郑巢，才华出众，也曾得到过姚合的欣赏，凡是外出登临游览，就把郑巢携带在身边，但却并没选其做婿。而李频后来为官时，果然守正不阿，敢于对抗非法地主和强盗。荒年时期，李频又敢于顶着上头压力，开仓赈济老百姓。他去世后，百姓们一路扶柩痛哭，送他鹤驾道山。

当年，在他去世的地方建州（今福建建瓯），百姓建祠以纪念。如今，在他家乡建德市李家镇也建起了李频纪念馆，可供缅怀。

梅城——两行梅香透汗青

梅城，多么好听的名字啊！它是一个三面环山、一面临江的山水小城。如果在飞机上向下看，梅城一定像个小巧玲珑的盆景。

相传，这座城与严子陵有关。汉代有个高士叫梅福，梅福招严子陵为婿，翁婿皆以节操高尚闻名，为了纪念梅、严二人，所以严州城又名梅花城。

至于城池状如梅花的传说则有好几个，故事都美如梅花。

这是一副现成的好联。

> 越嶂远分丁字水；
> 蜡梅迟见二年花。
>
> ——摘唐代杜牧诗句

一层一层的越州山脉，远远地分开了两江水，而蜡梅迟迟，开在今年与明年两年之间。远镜青山隐隐，绿水悠悠，近镜蜡梅灼灼，黄白照眼。泼墨、工笔，一幅神品自描画。

正堪品题。

他来了，他来了，他带着品题走来了。

撑天拄地两行字，纳古涵今一副联。

上联写远处地理，气势推开，下联写眼前风物，喜悦渐来。其开合之放胆，运笔之老辣，合律之工细，对得起"小杜"二字——不由想起老杜"两个黄鹂鸣翠柳，一行白鹭上青天"的造境。手法依稀相仿佛。

晚唐时代，梅城是睦州治所，睦州辖建德、寿昌、桐庐、分水、遂安、还淳（后来的淳安）六县。唐武宗会昌六年（846），44岁的杜牧从池州调来，担任睦州刺史，任期两年。

在睦州，他耳闻目睹了税赋之重、徭役之艰、百姓生活之苦，于是他斗胆上书，针对江淮盐铁法实施中产生的弊病，提出站在百姓立场的见解。"所利者至微，所害者至大"，这样强硬的措辞，触犯的是既得利益者的利益，弄不好便丢掉乌纱帽，还可能会招来牢狱之灾。

好在届满后，杜牧得以平安调任，离开梅城，赴京城长安任职。

新安江自西向东，兰江自南，齐齐奔涌来，形如"丁"字。他站在大坝拐角，那视野开阔的地带，远望乌龙山山岚迷离，近看两江水水波盛大，而烟水随风，涛山堆雪，正是激扬文字时。

是啊，激扬文字——自三国吴黄武四年（225）置建德县以来，千余年间，多少大诗人为梅城的山水所陶醉，而留下千古传唱的诗文、诗联佳作，三江流韵三江诗，梅城纯乎由诗歌打造而成。

——其实，又何止一个梅城、一个杭州？山河万朵，"梦游"四方，踏着古人的足迹，看长天日月星辰镌刻汉字，看大地亭台楼阁张挂对联：平平仄仄平平仄，仄仄平平仄仄平……那些幸福时刻，都是我们中国人独有的三生有幸。

参考文献

1.〔唐〕张鹭、范摅:《朝野佥载 云溪友议》,上海古籍出版社,2012年。

2.〔北宋〕欧阳修、宋祁:《新唐书》,中华书局,1975年。

3.〔北宋〕沈括:《梦溪笔谈》,中华书局,2009年。

4.〔北宋〕潜说友:《咸淳临安志》,浙江古籍出版社,2012年。

5.〔南宋〕周密:《武林旧事》,上海古典文学出版社,1956年。

6.〔元〕脱脱等:《宋史》,中华书局,1977年。

7.〔明〕田汝成:《西湖游览志余》,浙江人民出版社,1980年。

8.〔明〕高濂:《四时幽赏录》,浙江古籍出版社,2018年。

9.〔明〕张岱:《陶庵梦忆》,西湖书社,1982年。

10.〔清〕丁丙:《武林坊巷志》,浙江人民出版社,1990年。

11.吴枫主编:《简明中国古籍辞典》,吉林文史出版社,1987年。

12.尚佐文:《楹联概说》,漓江出版社,2016年。

13.刘颖主编:《西湖楹联集萃》,杭州出版社,2015年。

14.郑立于:《郑立于文集》,浙江工商大学出版社,2016年。

15.樊家权选编:《钱塘楹联集锦》,杭州出版社,2013年。

16.简墨:《京昆之美》,作家出版社,2011年。

附：西湖十景

南宋西湖十景：

苏堤春晓、曲院风荷、柳浪闻莺、平湖秋月、三潭印月、断桥残雪、双峰插云、南屏晚钟、雷峰夕照、花港观鱼

新西湖十景：

吴山天风、满陇桂雨、玉皇飞云、云栖竹径、九溪烟树、黄龙吐翠、龙井问茶、虎跑梦泉、阮墩环碧、宝石流霞

三评西湖十景：

灵隐禅踪、六和听涛、岳墓栖霞、湖滨晴雨、钱祠表忠、万松书缘、杨堤景行、三台云水、梅坞春早、北街梦寻